雪候鸟

包利民

著

春和景明，
繁花盛开

包利民散文精选集

华中科技大学出版社
http://press.hust.edu.cn
中国·武汉

图书在版编目(CIP)数据

春和景明，繁花盛开 / 包利民著. — 武汉：华中科技大学出版社，
2023.5（2025.2重印）
（雪候鸟）
ISBN 978-7-5680-9291-3

Ⅰ. ①春… Ⅱ. ①包… Ⅲ. ①散文集—中国—当代 Ⅳ. ①I267

中国国家版本馆CIP数据核字（2023）第058037号

春和景明，繁花盛开 　　　　　　　　　　　　　　　　包利民　著
Chunhe-jingming Fanhua Shengkai

策划编辑：娄志敏　杨　帆
责任编辑：娄志敏
封面设计：三形三色
责任校对：刘　竣
责任监印：朱　玢
出版发行：华中科技大学出版社（中国·武汉）　　　电话：（027）81321913
　　　　　武汉市东湖新技术开发区华工科技园　　　邮编：430223
印　　刷：湖北新华印务有限公司
开　　本：880mm×1230mm　　1/32
印　　张：7.75
字　　数：161千字
版　　次：2025年2月第1版第2次印刷
定　　价：39.80元

本书若有印装质量问题，请向出版社营销中心调换
全国免费服务热线：400-6679-118　竭诚为您服务
版权所有　侵权必究

　　这世间的温暖是可以听得到的，若心静时，万声入耳皆如天籁，流淌成心底脉脉轻暖，濯风尘，涤旧绪，梦想和希望便焕发出一种新的生机，一如春来树绿，雨润花红。

　　当太多的光阴散若微尘，回望童年遍地的野花，我忽然明白，生活、生命也是如此，平凡才是常态，而那些平凡的叠影，却有着别样的魅力。

　　在数不清的岁月流年中，我终于明白，心如砚台，坚硬中带着细腻，就可以把那些失意的时光，研磨成一池春水，然后在生命的宣纸上流淌成一片春暖花开。

　　许多年过去，早已忘了当初那些坎坷黯淡的来处，可是在那个小小的院落里，那些平凡的花儿，却一直在心底摇曳，摇曳成一种眷恋，一种回望时微笑的释然与无悔。

　　自然本来美好，生命本来纯真，如花朵得到蝴蝶的吻触，流水得到清澈的目光，山林得到悠然的鸟鸣。

　　如果我的生命也是一棵树的话，在长夜中，在寒冬里，该用哪一部分哪一种心情去迎接春的曙光？也曾走过深深的绝望，也曾在长路上徘徊着找不到方向，可是心底却总有一个地方没有起茧，永远在等待着一种美好的召唤。

目录
Contents

 爱是生在心上的皱纹 ————

每一次担心牵挂，每一次关怀呵护，每一次思念，都会化作心上的一道皱纹；原来，心上的每一道皱纹都是爱的叠影。

002 —— 蓝瓷碗盛不下

006 —— 聆听世间暖

010 —— 活着的履痕

015 —— 人远天涯近

019 —— 我丢了一场雪

022 —— 一本枯萎的书

026 —— 草帽挂在墙上

029 —— 爱是生在心上的皱纹

033 —— 一封信里寄出的春天

036 —— 那一声声叹息与呼唤

040 —— 烟火可亲

044 —— 如何才能拥抱你，父亲

047 —— 针线里的母亲

第二辑 | 那些光阴里的故事 ————

每一次回眸成长的岁月，目光都会点亮一朵无瑕的花，简单的快乐，朴素的幸福，葱茏成来路上所有的眷恋。

052 —— 好花天

055 —— 月亮地

058 —— 星在窗外

061 —— 摘烛花

064 —— 砚池

067 —— 一梦无涯

070 —— 秋天的眷恋

074 —— 听炊烟向天空诉说

077 —— 旧时光里的硬币

081 —— 那一片田地种满了童年

085 —— 等雨来

088 —— 一片雪花里的故乡

091 —— 纸糊的时光

095 —— 泥做的童年

第三辑 | 春和景明，繁花盛开 —————

鸟儿从一棵树飞向另一棵树，风儿从一片云扑向另一片云，阳光从一朵花跑向另一朵花。心里的河淌入身畔的河，眼中的暖流入时光的暖，梦仍在，多好的人间。

102 —— 昔日含红复含紫

105 —— 四月香雪

108 —— 五月春暖

111 —— 六月絮飞

114 —— 从一朵花跑向另一朵花

117 —— 深林人不知

120 —— 春和景明，繁花盛开

124 —— 花间小语

128 —— 南枝南枝

131 —— 枕上诗书闲处好

134 —— 凝望一棵树

137 —— 闲观山色倦听鸟

140 —— 在柳边

第四辑 | 泪光洗亮时光 —————

每一个入心的细节，都会留下暖暖的印痕，仿佛阳光亲吻花朵，仿佛月色轻拥梦境，静美着生命中的种种遇见。

146 —— 半亩云

150 —— 跟一头牛慢慢回家

153 —— 数尽花朵一生香

157 —— 一朵雪花落进眼睛里

160 —— 鸟犹如此

163 —— 奔跑的狗

166 —— 名字不老

169 —— 请把惊讶变成微笑

172 —— 我会永远记得这一天

175 —— 我的青春是一条街

179 —— 泪光洗亮时光

183 —— 在心里隐居

186 —— 黏着泥土的乡音

190 —— 生命中的两场雪

第五辑 | 花香盈满，时光茂盛 —————

行走在春天里，一路都是最美的相遇，走着走着河流就笑了，走着走着鸟儿就唱了，走着走着花儿就开了，走着走着心情就暖了。

194 —— 心有一束光

197 —— 花香盈满

201 —— 时光茂盛

204 —— 在冬的废墟上重建春天

206 —— 在一程一程的光阴中等我

210 —— 看到更遥远的星辰

212 —— 客里光阴

215 —— 十月思乡

218 —— 前行的足音是春天的心跳

220 —— 我舞影零乱

223 —— 奇怪的哭声

227 —— 少年和树

230 —— 流过枕边的河

第一辑

爱是生在心上的皱纹

每一次担心牵挂，每一次关怀呵护，每一次思念，都会化作心上的一道皱纹；原来，心上的每一道皱纹都是爱的叠影。

蓝瓷碗盛不下

刚记事的时候，我就知道家里有一只宝贵的大碗，就摆放在高高碗橱的最顶层。那碗极大，在农村叫海碗，碗外壁全是蓝青色花纹图案，看上去很美。我们这些孩子不知多少次被警告，严禁触碰那只碗。那碗平时并不使用，只在过年过节的时候，才会被摆放在饭桌的正中央，我们每个人都能有幸吃上几口里面的菜肴。

年龄渐长，听家里人说，这碗是祖辈传下来的，称之为传家宝也并不为过。祖父常小心地捧着那碗细细端详，想来应该是极珍贵的，不知道多少年传下来，碗上连个缺口都没有，可见每一代人都是细心呵护。村里人也都知道我家有这么个宝贝，也常有人上门来观赏，那样的时刻，我们的脸上全是自豪的神情。虽然那时家里很穷，可是因为有了此碗的存在，我们走在村里，腰杆都挺得很直。

渐渐地，我们惊喜地发现，蓝瓷碗竟还有着许多意想不到的神奇作用。有一次我生病，上吐下泻，吃了许多药也不见好。这个时候，祖父请出了蓝瓷碗，把捣碎的蒜汁放进去，让我喝下。那是我第一次亲手触碰这宝贝碗，竟顾不上蒜汁的辛辣，一口气全喝了下去。说来也怪，当晚就止了泻，第二天就恢复了正常。诸如此类的神奇事件还有许多，比如用它盛上少许酒，放一片止痛片在里面，把酒点燃，待药片化开后喝掉，不知治好了我们多少次的头疼感冒。蓝瓷碗在我们的心里愈加神秘，就像看小说里的那些法宝一样。

后来，此碗引起了风波，险些毁于一旦。祖父极疼爱姑姑，姑姑出嫁时，祖父曾想将此碗作为嫁妆，却引发了家里人的强烈不满和抗议，大家都认为这是全家共有的宝贝，谁也不能独占，除非卖了钱平分。祖父先是笑，后是气，最后当着全家人的面高高举起碗要摔碎。姑姑拼命阻拦，才抢下了宝碗，姑姑说："我不要这碗，大家都和和气气的就比什么都好！"于是蓝瓷碗躲过了一劫，仍高居于碗橱之上。只是总见祖父盯着它，眼神中透着复杂的光。

听父亲说，在动乱年代，祖父去当兵，多年不曾回来，是祖母一直保护着蓝瓷碗，不管怎样颠沛流离，都不曾离弃。而且后来祖父被批斗劳改，也是祖母护着这只碗，虽然那时家里东西大多被摔砸得稀烂，此碗却完好无损。

祖母在我未出生时就已经去世，想来她应该是一个很精明且执着的女人，那些年没有祖父在身边，她拖着一家老小从关里到关外，竟是不曾丢掉任何一个人，这是男人都极难做到的事。每当提起祖母时，祖父都会眯眼看向蓝瓷碗，目光里满是柔和的色彩。

我初中毕业那一年，父亲要搬进县城，于是面临着分家。祖父谁都不想跟，自己单过，于是叔叔们开始讨论家产的分配事宜。实际上，当时生活虽然比以前强了许多，却也没有什么家底，大家心之所系的，只有那蓝瓷碗。为此，叔叔们还背着祖父，拿着碗去县城里找懂行的人看了看，回来后都一脸喜色，说了些半通不通的术语，总而言之就是很值钱。只是祖父不发话，谁也不敢打这碗的主意。

在一个冬天的下午，家族里的人全都聚在一起，因为祖父终于要拿出意见了，我们这些小孩子也都站在一旁听着。祖父手捧蓝瓷碗，缓缓看了看他的子女们，说："这碗你们都知道，是你们的妈留下来的，那些年她拉扯着你们走到这儿，不容易！"一提起祖母，大家的脸上全是想念，眼中都闪着泪光。祖父接着说："我知道，你们都把它当成宝贝，而我也确实把它当成了宝贝。不过，今天我告诉你们，这碗其实并不值钱，它只是那个年代最平常的碗。可它的确是咱们家的宝贝，那时你们都小，可能不记得了，你们的妈，当年，就是拿着这个碗，一路讨饭把你们养活，把你们带过来！所以说我把它当成了宝贝，和你们想的宝贝不一样！"

听了祖父的话，大家全都沉默了，没有人不信祖父的话，因为祖父一生都不说谎。最后，大家擦干了脸上的泪，表示要继续保存着这只碗，一直传下去，因为那是真正的宝贝！

如今，蓝瓷碗仍存放在老叔的家里，依然美丽没有裂痕，那碗虽然空空，却是盛满了祖母当年的爱，和我们不尽的感恩之情。

聆听世间暖

这世间的温暖是可以听得到的，若心静时，万声入耳皆如天籁，流淌成心底脉脉轻暖，濯风尘，涤旧绪，梦想和希望便焕发出一种新的生机，一如春来树绿，雨润花红。

给我这种想象和体会的，是一个在旅途中邂逅的陌生人。那是在小兴安岭深山里，游人极少，我常常去那里，看长风吹过山谷间的树，松涛起伏。那一天，我发现有两个人也站在山顶，男人的背影很高大，女人在他身边，不停地轻声讲着什么。走到近前，才发现，男人是个盲人。经过交谈，知道男人是钢琴调音师。他说："我的耳朵可不只能听到琴声，还能听到许多你们听不到的声音。就像现在，你们可能只听得到风声和松涛声，我却能听到山谷里溪水的流淌，还有那边林中的鸟叫！"

我闭上眼睛，让心沉静下来，果然，没有了眼前的五色干扰，耳畔便飞来许多美好。男人称这是耳朵里的风景，极少有人能体会到。告别时，他说了一句很让人回味的话："我的耳朵不仅能听到风景，更能听到身边许多的美好和温暖！"

的确，我们耳中充盈着的，多是让人心烦的琐碎，仿佛被尘世喧嚣困围，摆脱不尽。而那些让我们心生温暖的东西，却常常与自己的耳朵错失。其实，是我们的心不静，在浮躁的心境中，美好很难得其门而入。

想起读高中时，由于面临高考，学业繁重，老师天天催促，父母日日唠叨，直让我们本就不安的心，更增添了许多烦躁。有时候，课间我们会彼此诉说一下各自在家里的遭遇，觉得父母真是让人烦透了。有一天，一个一直沉默的男生终于忍不住对我们说："如果我是你们，要是我回到家里，别说父母唠叨，就算他们天天骂我打我，我都会觉得幸福无比！"

我们都愣住了。那个男生是个孤儿，从小在福利院长大，从不知亲情为何物，也很难理解那是一种怎样的情感。那时的我们，听了他的话，都觉得很惭愧。有时候，我们无法去接近一颗关爱我们的心，所以从他们的话语里，感受不到声音的温度，更难将那些话语化作心底的暖流。

有一年在电厂倒班，前夜班零点下班，我们大多住在倒班宿舍里，特别是冬天时，更不愿大半夜回家，不但冷，而且会打扰到家人休息。而有一个同事，却不管冷暖雨雪，下了夜班都要回家去。起初我们都笑他，后来他道出了真正的原因。原来，他的老母亲每次在他上前夜班时，都会等着他回去后再睡。他说："每次半夜到家，听到我妈走来开门的脚步声，我的心里就热乎乎的，我愿意回家，不管什么时候！"

我想，在他的耳中，母亲半夜的脚步声，就是他心里的期盼，就是他生命中永远的眷恋。而他的母亲，半夜听到儿子回来的脚步声，心里也一定是欣喜而温暖的吧！有时候，幸福离我们很近，近到只是亲人的脚步声，就能叩响幸福的门扉。

还有另一种聆听，更让人动容。

十多年前，我还在另一座陌生的城市，在梦想与现实之间苦苦挣扎着。那时认识一个朋友，每当我有什么不满或抱怨时，都去找她倾诉。在她面前，可以尽情地诉说，毫无顾忌。因为，她是聋哑人，她只是静静地坐在我对面，脸上带着微笑，看着我的嘴唇飞快地一开一合。而她其实也在生活中挣扎，却总是面带微笑，她历尽艰难，学会了认字写字，学会面对生活中的白眼冷遇。

有一天，我又去找她，没等倾诉，她却拉着我跑到后面的街上。街对面有些远的地方，是一个工地，正要垂直爆破一栋旧楼。我们走近一个玻璃电话亭，在那里远远地观望。我不明白她何以忽然有了这种闲趣，便也静静地看着。随着一声巨响，地面仿佛颤抖起来，电话亭的玻璃窗更是被震得簌簌响。转头间看见她把两只手按在玻璃上，脸上带着满足的微笑。十几秒后，声响消失，她在玻璃上呵了一口气，飞快地写下一行字："我只想摸摸这个世界的声音！"

她用这样的方式，聆听着那一刻的轰鸣。我的心里忽然便有了一种无言的感动和震动，在她的世界里，声音是一种梦想，她却这样去"听"那些梦想。那天夜里，我收到她发来的一条短信："我梦想听到这个世界的声音，可是命运却注定我只能用手去触摸这声音。当那种震颤通过手掌传到我心里，我有一种想流泪的冲动。"

我回短信问她："在那样寂静的世界里，你就用这种方式感觉声音的存在？"

她答："是的。就算是你们认为的噪音，对于我来说也是最美的音乐。因为，我用的不是耳朵，而是心！"

有一种聆听，不是用耳朵，而是用心。忽然便觉得，自己的那些烦恼，实在是微不足道，甚至很可笑。我一直没有用心去聆听过这个世界的声音，所以更感受不到生活中的温暖与感动。最后怨怼占据着焦虑的心，美好都被摒弃于生命之外。不但耳朵被堵住，心也被封闭。

所以，只有先打开心灵，才能唤醒耳朵，才能聆听到世间的所有温暖，才能让心里常驻感动，生活才能如花绽放。

活着的履痕

"没事儿，往前走，你越不走越冷！"

父亲在他身后催促着，他看了看眼前那么厚的雪，小声嘀咕着："没事儿你怎么不走在前面？"

虽然隔着寒冷，隔着厚厚的帽子，那小小的声音还是钻进了父亲的耳朵里，父亲勃然大怒："你这个屁胆儿能干什么？雪还能淹死你啊？"

然后他感到屁股上挨了父亲连续的两脚，很重，他向前倒去，整个身体陷进了深雪里，背着的半袋子冻鱼也重重地压在背上。在雪的怀抱里，他后悔不已，早知道早上就死活不同意和父亲出来捕鱼了，反正出不出来都要挨顿打。

想起之前在冰面上劳累了那么久，父亲背手抽着烟，看着他用力地用冰穿子把厚厚的冰层凿开，再把抄罗子伸进去捕鱼。整个过程中，父亲不停地指挥，不停地骂，说他笨，说他啥也做不好。他憋着一腔委屈愤怒，终于捕了许多鱼。谁知回去的路上，又挨了打。

从雪里爬出来，他觉得深雪果然并没有多可怕，就继续背着鱼往回走，依然伴着父亲的唠叨。一边走一边想，看来村里人对父亲的议论是对的，不讲理，好事都能办成坏事，往往是帮了别人，别人不但不领情，反而留下怨恨。所以这些年，虽然父亲在村里村外帮了不少人的忙，可是骂他的人也不少。

十四岁的他之前还没有想得这么明白透彻，他觉得自己当初挺傻，有时候听见别人背后对父亲指指点点，他还会冲上去大骂，现在却发现别人说得很对。深一脚浅一脚地走在雪野上，他回头看了一眼父亲，却被父亲比北风还冷的目光给刺得一哆嗦，赶紧加快了脚步，生怕父亲的脚再次飞起。

他看到身后留下一串长长的足迹，继续走着的时候就有些愣神，原来在那么厚的雪上，留下的足迹是那么深而清晰。特别是父亲，居然也能走这么快，一步一步紧紧追着自己的脚印。于是他又回头说了声："爸，你慢点，别滑倒了！"他说这句话，并不是出自关心，而是有着些微的讽刺，其实他更想看到父亲摔一跤的样子。说完，他快走了几步，让父亲的脚追不上自己的屁股。

不过他不会忘记，前年他逃课上了瘾，经常自己跑去村外的野甸子里玩儿，一直发展到后来的逃学。尽管他每次都编着不同的谎言，但由于次数太多，老师终于察觉出不对劲儿，不知啥时候和父亲说了这件事。于是一个秋日午后，父亲和他在野外展开了一场追逐，他知道被抓住肯定逃不了一顿揍，就飞快地跑，他觉得父亲肯定是撵不上自己的。谁知道他严重低估了父亲的耐力，父亲确实追不上他，可是父亲不放弃。最后他累得瘫倒在地上，被父亲拖回了家，一通好打，最后被罚跪在院子里，一直到天黑。

那时候，他的心里就埋下了对父亲的怨恨，不过那就是一种单纯的恨，似乎很矛盾一般，并不影响对父亲的听从，但是那种恨也不会消失，他想着，啥时候父亲再也不打他了，他就会慢慢淡忘掉吧。

有时候他也想着报复父亲，可都是在心里想想而已，就像刚才盼望父亲摔一跤那样，父亲喝酒时，他会幻想父亲下一口呛到，父亲喂马的时候，他也会幻想父亲下一秒被马踢到，都是类似这样的想法，却没有哪一次成真。

一直到走回家，父亲也没有摔倒，他就很有些失望。那种盼望支撑着他，背着那么重的鱼一直快走到家时，他才觉得又冷又累。

转眼那个冬天就过去了，那个春夏也过去了。在忙碌的秋天里，他和父亲驾着马车去田地里运玉米。两匹马正当壮年，很有力气，父亲于是就尽可能地多装玉米棒子，为此还特意把车的围栏加高。父亲站在已经码得高高的车上，还大骂着让他快点把玉米棒子抛上来。他奋力地抱起一些玉米棒子，努力地往车顶上抛，直感觉腰腿胳膊肚子都酸痛不已。不过他却满心欢喜，因为这么大的丰收，父亲和母亲商量了，今年卖了粮食就买电视机，所以他干得特别起劲儿。

看着父亲在高处晃晃悠悠地堆码玉米棒子，他竟然很担心，担心父亲摔下来，要是放在以前，他心里会盼望着父亲摔下来。此刻，兴奋淹没了报复之心。当他再次抱起一小堆玉米棒往车上扔时，有一匹马不知被什么惊了一下，猛然一蹿，车也是一抖，父亲就一头栽了下来。他眼睁睁地看着父亲平着身子摔下来，眼睁睁地看着父亲摔向那一排尖尖的玉米秆割剩下的茬儿，眼睁睁地看着父亲的脖子被刺穿。

他哭喊着扑向父亲，周围劳动的人们听到声音都跑过来，可是怎么也止不住父亲脖子喷出的血。后来终于送去了镇上医院，可是没多大会儿父亲就永远地离去了。他沉默了很久很久，有时候在外面一坐一天，有时候在村里一走一天，他非常自责，一定是自己以前总诅咒父亲摔倒才会这样。让他奇怪的是，村里几乎所有的人都来送别父亲，而且很长时间里，他都能听见村里人说着父亲，说他是一个好人，每一家都受过他的帮助。

父亲的腿年轻时受过伤，所以成了人们口中的点脚儿或瘸子，走路也是深一脚浅一脚、忽高忽低的。他想起了去年冬天捕鱼归来，雪地上父亲的脚印，想起父亲怎样吃力地在大草甸里追着逃学的他，想起曾经的一切，他心里只有一种很深很深的想念。他从没想过，曾经那些落在父亲脚窝里的恨的种子，有一天竟生长出丛丛簇簇的爱。

许多年以后，他回乡扫墓，故乡已面目全非，他曾经的足迹，父亲曾经的足迹，早就磨平在岁月中。就像父亲小小的坟茔，也已被野草淹没。遇见几个乡亲，有的已从少年长成了青年，有的已从中年到了老年，人们见到他，很亲热地说话，很动情地讲起父亲的种种往事，不禁都感叹：你爸是一个难得的好人呐，虽然脾气臭了点，可是心是真好，当初谁家有事，他都是第一个去帮忙……

站在四月缤纷的阳光里，他再次看到了父亲的身影和他身后的履痕，那么鲜活生动，留在自己和乡亲们的心中……

人远天涯近

初来这座小兴安岭深处的小城，我闲时最常去的地方，就是不远处的一家旧书店。在那里总能遇见一些绝版的老书，或者是一些意想不到的好书，虽然那些书已布满了时光的印痕，却有着更深入人心的魅力。当然最主要的，是便宜。

有一次我在那家书店挑了七八本书，然后捧着那厚厚一摞欣喜往回走，心里满是期待，期待与那些美好的故事相遇。那个下午，当我翻开一本书的时候，却发现里面夹着几张折叠着的纸，是一封信。如今早已忘了那本书的名字，只记得书里收录的，是世界各地的孤儿写给母亲的信。而夹着的这封信，字迹娟秀，虽然信纸泛黄，可那份情感依然清澈如初。

"亲爱的妈妈，我都不知道您的名字，可我知道您一定在世界上的某个地方，也许会偶尔想起我。可我是多么地想您啊！我从十六岁开始，就离开了孤儿院，这十多年来在很多地方停留过，没有故乡也没有家的人，在哪里都是一样的。路走得越长，曾经觉得的遥远就越近，可能我此生不会遇见您，或者遇见了，也认不出您，可是却给了我一个多么美好的想象，也许在某个忽然心动的时刻，和我擦肩而过的那个人就是您……"

心底涌起深深的感动，想象当年的那个女孩，曾在怎样绝望的心境里，努力找寻出一种带着希望的温暖。而且，那句"路走得越长，曾经觉得的遥远就越近"，给我的感触也很深。人走得远了，天涯就近了。这些年来，我从故乡到异乡，兜兜转转，天涯变成近在眼前的寻常，而回望来处，来处却成了天涯。有时候会有短暂的迷失，不知道自己究竟想去哪里想要什么，可更多的时候，总是收拾起那身不由己的慨叹，于时空的交错中奋力前行。

也许每个人小时候都有着一个关于远方的梦，想着以后带着清风明月浪迹天涯。真的有一天人在天涯了，却又觉得来处那么远，思念的人那么远。就像信中那个深情的女孩，把一份无望的思念涌动成终生不息的海。

"当我知道了妈妈的概念之后，对您的想念便开始落地生根。从前一直觉得远方那么远，现在却觉得远方那么近，因为远方有您……"

思念的人去了远方，一颗心便也跟着到了远方，天涯有你，天涯便也不再遥远。千万里的路途被思念牵扯成咫尺，于是天涯很近，你很近。也许每个人的生命中，都曾有过那样一个心心念念的"你"，连接着遥远的天涯。信中的女孩，她想念着的妈妈，虽然只是一个未知，却在她的想象中形象日益鲜明，并与她息息相通；虽然并不知道妈妈人在何处，可是思念到达的地方，妈妈就在。

在我很小的时候，在县里建筑工程队当会计的父亲长年不在家，总是去各地进行工程建设。其实现在想来，那些地方也并不如何遥远，都是在本省，或者大兴安岭，或者小兴安岭。可是生活在大平原的小村庄里，却觉得父亲离我们是那么远，写一封信要很多天才能收到回信。二十年前，我来到了小兴安岭，来到父亲曾经工作过的这个城市，儿时的天涯，已成身畔的生活。而如今，父亲已故去多年，我到了父亲的天涯，却再没有了父亲，父亲已远成隔世。人远天涯近，在此刻，却是我生命中永远化不开的苍凉。

那个遥远的下午，我的思绪在一封信里浮浮沉沉。其实我比写信的女孩要幸运幸福得多，这么多年过去了，她此时也该鬓染秋霜了吧？我多希望她能在通信发达的今天找到自己的妈妈，而不是如当年一般，写着一封无法寄出的信。可是彼时彼刻，捧读着那一纸素笺，心却沉重而柔软。信的最后一部分是这样的：

"……许多年来我从没有梦见过您，也许是因为我不知道您的样子。妈妈，如果有一天，我在梦里遇见您，我肯定会又哭又笑，哭着欢笑，笑着流泪……"

我丢了一场雪

小说《杀死一只知更鸟》中有这样一个情节，这一年天气反常地冷，小女孩库斯特有一天早晨起来，往窗外一看，立刻惊呼，末日来了！她的父亲过来一看，原来是下雪了。于是她和哥哥开始玩雪，他俩小心翼翼地踩着雪走，来来回回地运雪，并且踩着之前的脚印，生怕把雪浪费了。

我记得小时候，也曾这样在雪地上踩着自己的脚印来回地走，或者奔跑，无师自通地堆雪人，或者追逐着打雪仗。可是，我却不记得第一次对雪的印象了。雪每一年都来，一住就是几个月，我生命中第一次面对下雪的情景，早已湮没在年复一年类似的情景之中。

在那样热热闹闹玩着的时候，总会有一个孩子，在人群的外面，在洁白的雪地上，自己一个人慢慢地走。那个孩子盯着自己的脚，不时地回头看看踩下的脚印是否整齐。或者脚尖外张，一步一步，每一步都脚跟相对，踩出一道如拖拉机走过的轮印。然后欣赏自己的作品，再小心地沿着脚印退回来，不忍破坏。而不远处的喧闹，都在自己的世界之外。那个孩子看似孤独，其实内心丰盈无比。那个孩子，或者是我，或者是你。

村西高处，有一些雪被北风吹得极硬，成为一层硬硬的壳，而表面却与别处雪地一般无二。走上去，才发现，原来真的可以做到踏雪无痕。儿时的踏雪，没有烦忧，只有一份天真的乐趣，即使疲累，也是温暖的。

有一次，我和姑姑家的表弟，都是十岁左右吧，我们从六里外的叔叔家里往回走，大雪不知疲倦地下着。起初，我俩是一路小跑，互相追赶，脚步在厚厚的雪地上留下一串串欢乐的痕迹。后来，我们累了，大团大团的白雾随着呼吸在我们眼前凝而不散，脚下的雪也柔软地羁绊着我们。于是坐下，再躺下，看着漫天的雪花从虚无到清晰，纷纷扑面而来。我们的脸上依然笑着，虽然累了，可是雪并不疲惫，所以我们也并不烦恼。

从游戏的踏雪，到赶路的踏雪，累却快乐，冷却流连。

往往是夜里一场大雪，清晨费力推开房门，院子里的雪地上，已是精彩纷呈。花狗踏出的"梅花"图案，几乎遍及每一处，它应该是最早踏这场雪的生灵。小鸡们一路写下的"个"字，一直延伸至窗台。鸭和鹅画下的大大小小的"枫叶"，兜兜转转，看不清起始。而白猪们的蹄痕却一片零乱，南园的杨树上，那些缠满雪的枝，会清晰地看见上面麻雀的爪痕，它们踏在高处，像是逐雪而来。

满院的精灵，和遥远的雪，都曾入梦。那些永不再来的时光，如一场雪的消融。许多年以后，也曾踏雪走过很多的路。却只有冷，只有累，只有怕跌倒的心思。无复儿时那般，跌倒了就在雪地上躺一会儿，看看雪花纷纷扬扬扑向大地。累了就坐一会儿躺一会儿，不怕弄脏了衣服。我知道，我丢了那场雪。那场快乐的雪，在遥远的岁月深处飘落着。

于是特别怀念那个孩子，在人群的欢乐之外，孤独地踏着雪，心里盈溢着只有自己知道的幸福。那个孩子长大了，他的心也如雪一般，或在世事的寒风中变硬，或在别人的踩踏里变硬。虽然坚硬，却一直洁白。而且，在任何一种温暖中，它都会变得柔软，且慢慢融化，融化成暖暖的水流。那个长大的孩子，或者是我，或者是你。

或者，让那个孩子在我们的心里永不长大。于是我们保持着那份洁白和美好，如那一场永不疲倦的雪。

一本枯萎的书

　　窗外的长风流淌过满树的叶子，每一片都摇曳生姿，载满了缕缕的阳光。阳光透过窗子照在那本书上，书在奶奶手中，她看得很专注，脸上有一种极恬静的神情，仿佛时光静止，如一只憩在花间的蝶。

　　从没见过爷爷长什么样子，记事起，就看着奶奶捧着那本书细细地看。后来年龄渐长，慢慢地知道，奶奶也曾是书香门第的大家闺秀。她读了几十年的那本书，是《宋词三百首》，竖版线装，通篇繁体字。我常想，那时的奶奶，也该如从宋词中走出的女子，盈盈如出水的莲，婉约中一抹深情。每次看过书，她都会把书放进一个小木盒里，动作很慢，就像收拾一种心情，收藏一份记忆。那本书，从不让我们碰触。

　　奶奶不到三十岁的时候，爷爷就去世了，她带着几个孩子辗转如蓬。只是无论乱世兵戈，还是荒年流离，许多东西都已失落，却不曾丢弃了手中的那本书。真不知在书中，究竟有什么东西让她如此难以割舍离弃。我对宋词产生兴趣，与奶奶有很大的关系。

听父亲说，那本书就是奶奶的命根子。有一年老宅失火，奶奶不顾安危冲进房中，将书抢出。此后，几乎随身携带，近年来见再无火灾之忧，才将其收入盒中。书已经极古旧，如那些泛黄的日子，可奶奶依旧用清澈如水的目光，一遍遍濯去上面岁月的尘埃。曾多次动过偷偷翻阅的念头，终是没有，我怕自己猝然的目光，会惊飞栖息于其间的那些往事。

那时我已经读了许多本宋词，《宋词三百首》更是熟记于心，只是不知奶奶的那本中，隐藏着一阕阕怎样的故事。偶尔也会寻愁觅恨填上几首，有时奶奶看见，便会一一标上出律之处。我想，她的词一定填得很好吧，问她，却只笑而不语。

有一次，奶奶生病住院，夜里，我陪在她床前。寂寂长夜，她丝毫没有倦意，在昏黄的灯下翻那本看了几十年的书。每翻一页，都小心翼翼，似乎怕吵醒那些过往，又怕不经意触痛时光的裂痕。不知何时，奶奶睡着了，书放在胸前。我轻轻拿开书，给她盖上被子。夜静而长，终是按捺不住心中的冲动，悄悄拿起书，很轻很柔，就像捧起奶奶少女时的心事。

书虽然极旧，却极平整，一点儿折痕都没有。让我惊讶的是，书间的空白处，竟写了许多零散的词句，那是奶奶的笔迹。有的字迹年代久远，有的却新鲜如昨。逐一看去，那些词句虽不完整，却柔肠百结，如水之曲，如竹之幽，像一颗颗闪亮的珠子，穿透茫茫岁月，敲打在我的心湖。如"舟散月明，怕沐杏花风，念念红尘远，无踪"，又如"枕中几许清怨，世间一梦年华"，让人尽随离情别怨而轻喜悄愁。一字字，一句句，绵绵密密，补缀着断裂的华年，将曾经的沧海桑田展现于一片柔情之中。

只是，让奶奶如此千回百转、几十年来念念情深的那个人，会是谁？我想，不会是爷爷吧，爷爷是不识字的粗人，一直以为，他们的结合，也许正是奶奶所有忧伤的来源。奶奶绝不会用如此锦绣的文字来怀念爷爷的一切，我将书轻轻合上，放在她的枕畔，思绪如蝶翻飞，想去追溯奶奶远逝的飘摇岁月。

奶奶是在一个寂静的凌晨去世的，那时，天上有一钩淡黄的月。透过她安详的容颜，我仿佛看见遥远的当年，看见她的青春红颜，青丝如思念飞扬。经历了那么多的分散流离，无论怎样的际遇，她都不曾让心上生起层层的茧，在她生命最柔软的地方，依然满溢着最初的深情。

整理遗物时，我竟在那个装书的盒子里，发现了一本奶奶早年的日记。日记里，所有的心事都被压成了岁月的书签。在少女的心中反复出现的那个隐隐约约的身影，越到后面便越清晰，竟真的是爷爷。原来，爷爷在奶奶的生命中竟是如此的完美而真挚，原来，情感的沟通并不一定非要那些纸短情长，原来，那本《宋词三百首》是爷爷送给奶奶的唯一礼物！

含着笑，带着泪，再次翻起那本书，每一页都如深秋的落叶般枯萎憔悴。可书里，那些奶奶写上去的词句，就如永不凋零的花朵。那些无边清怨，那些思念与眷恋，使得奶奶走过的所有艰难的足迹中，都盈盈盛满了一曲曲直入人心的骊歌！

一本在流年中枯萎了的书，已尘封了一段往事，而在流年中刻在心中的那份真情，却永远鲜活如初。

草帽挂在墙上

午后，小睡的姥爷醒了，他没有马上起来，而是装了一烟斗的烟叶，摁紧，点燃，有滋有味地抽了一会儿后，心满意足地在炕沿下把烟灰磕尽，这才起身。他从小屋里出来，穿过外屋，伸手从墙上摘下草帽，扣在头上，开门走进七月的阳光里。

于是墙上便留下了一块圆圆的痕迹，那顶草帽长年挂在那里，它的邻居是一个圆盖帘，还有一把镰刀。它们不在的时候，墙就更寂寞了。而此时，墙就空荡荡地寂寞着。镰刀随着母亲去割猪草，圆盖帘正驮着土豆片在院子里和阳光相拥，而草帽则跟着姥爷在村里村外游走。

没有草帽的夏天少了一种韵味，没有草帽的村庄也缺了一分情致。我和伙伴们在村里游荡的时候，总会遇见一些白头发或者白胡子的老人，他们都戴着草帽，手里拿着烟袋或烟斗，腰里拴着的装烟叶的小布口袋摇晃着，他们似乎看不够这村庄这大地。

有时候姥爷会和他们聚在一起，或在老树下，或在田间地头，一些古老的话题就随着吞云吐雾翻涌而出。他们摘下草帽在手里挥着，扑打着纷纷扬扬洒下来的阳光。

偶尔，在姥爷午睡的时候，我会站在凳子上摘下草帽，戴在头上去外面走走。只觉得草帽那么大，把眼睛都挡住了，又像一把小伞阻隔着阳光和雨。只是太不舒服了，不能跑，也不能跳，所以很快就对它失去了兴致。而且这顶草帽实在是太旧了，我还记得几年前它崭新的样子，和阳光一个颜色，通身散发着秋草的气息。而如今，它已被汗水和岁月渐渐染成了泥土的颜色，有着沉甸甸的重量。

农忙的时候，草帽吸收的汗水就更多了。傍晚姥爷回来的时候，会顺手把它挂在老杨树最低的那根枝上，让长长的风使晒了一天的它凉爽一下。我想草帽此刻应该是惬意的，它轻轻地摇着，等天黑下来后，陪着它的，除了挂在树上的风，就是落在枝叶间的星星。只是姥爷会把它拿回来，因为那堵寂寞的墙还在等着它。

有一天上午，姥爷习惯性地从墙上摘草帽时，一不小心闪了腰。为此他好几天没能出门，草帽也在墙上挂了好几天，不能跟随姥爷去熟悉的村庄大地看看，它也会是寂寞的吧？可是姥爷那几天却是真正地寂寞了，不停地吸着烟斗。此时我才发现，姥爷是真正地老了，就像墙上那顶草帽一样，脸也变成了泥土的颜色。大地上一个人的老去，这本就是一个寂寞的过程吧。

姥爷的腰好了以后，又戴着草帽出去了，那一天他很高兴，不停地和问候他的老伙伴们说着话。回来后，在饭桌上讲着几天没出去，庄稼的各种变化。大地上的事情，姥爷是烂熟于心的，虽然年复一年地重复着相似的过程，可是每一次重复，他都会有着一种全新的欣喜。说着这些的时候，草帽在窗外的枝上摇晃着，倾洒出一些晚霞，一如姥爷杯中的酒。

漫长的冬天来了，草帽便和土墙长久地沉默相依，睡上长长的一觉。我想它应该和我一样，在一种盼望中，做着一个关于夏天的梦吧。

爱是生在心上的皱纹

一

那条静静的街上铺满了落叶，西风缠绕着我的脚步，我的心和路旁那些凋零的树一样缀满了冷清。在我前面不远处，一个男人推着轮椅慢慢地走着，轮椅上坐着一个白发苍苍的老大娘。他们说着话，老大娘的笑声时时流淌着，生动了这条街的萧瑟。

他们停了下来，男人在老大娘面前蹲下身，我经过他们时，看到他正在给老大娘的腿脚裹毯子。老大娘伸出枯瘦的手抚摸着他的头发和脸，喃喃地说："儿子，你的头发也白了，皱纹也这么多了！"一声轻轻的叹息被长风衔走，那叹息里有欣慰，有心疼，有爱。

那一刻，落叶的呻吟已然隐退，我的心和路旁静默的树一样，都被唤醒了沉淀在生命深处的美好。

二

女人与儿子相依为命，在生活的晴雨中一路走来。

那个晚上，儿子坐在小桌旁一笔一画地写作业，女人用脚踏缝纫机做一些小活儿。儿子不知啥时候放下了笔，呆呆地看着妈妈的侧脸，女人转过身："你不好好写作业，盯着我干吗？"

儿子说："妈，你会一直这么好看吧？"

女人笑："傻孩子，等你长大了，妈就老了，满脸皱纹了！"

儿子低下头，似乎有点难过，过了会儿，他抬眼看着妈妈："妈，你满脸皱纹也肯定好看！"

女人伸手抚他的头："儿不嫌母丑，妈在你眼里是好看的就行啦！"

儿子用力点头："妈，我长大以后要好好保护你！"

女人转过身去，两行泪淌下来，却是那么滚烫。

三

每一年的春末夏初，当丁香花开得如火如荼，她都会来到千里外的这个小城，走进那条静静的小街，就站在墙侧的阴影里，看着那个不远处的院门，一站一整天。看着那个女孩背着书包上学，看着女孩快乐地放学，看着女孩和别的孩子在门前做游戏。她的眼里流淌着无尽的爱与疼痛，欣慰与辛酸，欢喜与落寞。

年年如是，已经十年了。从最初的时候，女孩被抱着进了院门，到女孩在门前蹒跚学步，然后去上学。光阴的脚步在这小城的小街上慢慢地流淌着，在她的额间发上匆匆地流逝着。

又一个春天，她在墙角看着女孩和伙伴在阳光下读书，想起那么多的日子就这样流走了，便垂下了头，分不清是怎样的情绪淹没了身心。忽然，一朵清脆而小心的声音绽放在她耳畔："阿姨，你怎么哭了？"

抬起头，女孩微红的脸正如丁香般芬芳着。

四

不记得是在哪本书里看到的一封信，是一个老母亲写给女儿的，依然记得里面的几句话。

"上次回来，你抚着我的脸，心疼地说妈妈生了这么多的皱纹，还说你记得小时候，妈妈是那么年轻美丽。可是孩子你知道吗？妈妈在年轻的时候，心上早就生了皱纹了，你每生一次病，妈妈心上就多一道皱纹。后来你考学去远方，工作在远方，每想念你一次，心上的皱纹就多一道，现在，心上的皱纹比脸上要多好多倍了，只是你看不到啊，孩子！"

原来，每一次担心牵挂，每一次关怀呵护，每一次思念，都会化作心上的一道皱纹；原来，心上的每一道皱纹都是爱的叠影。

五

他少年时叛逆，青年时也叛逆，只要父母一说话，他心里便生长出无穷无尽的烦躁来。于是他在成年以前，都是和父母对着干，父母越想让他做什么，他偏不做什么，哪怕那也是他想做的，哪怕他知道那是对的。这就导致他在最好的年华里，走上了一条完全不被预料的路。

偏离了心中所想，虽然他把另一条路走得很好，可是渐渐地，他的愧悔在父母的憔悴中生长出来。他忽然觉得不值得，在父母的生命行将成为一地废墟的时候，才明白这些，仿佛一切都失去了意义，一切也都来不及了。

终于有一天，他伏在年迈的父母膝下痛哭着忏悔，父母却温暖地笑："可是，孩子，我们一直以你为骄傲啊！"

他于泪光中懂得，父母的心是多么广阔，而心上那一条条皱纹，都是爱的山冈。

一封信里寄出的春天

二十多年前的一个初冬，正是小阳春的天气，我去邮局寄一些投稿的信件，一路上被难得的冬日暖阳轻拥着，只觉心里一直以来失败的阴影，被阳光洗得由淡趋无。

在邮局大厅里，我买了信封和邮票，坐下来逐一填写。不知什么时候，有两个人坐在我对面，低低地争吵着什么。抬头一看，是一对中年夫妇，五十多岁的样子，男人穿着一件很旧的军大衣，女人系着一条蓝色的三角围巾。女人拿着一个单子，很沮丧的样子，男人还在数落她："照着写你都能写错，你还能干点啥？"女人小声地反驳："写错了就写错了呗，让你再去要一个单子就这么费劲？"

男人拿着针线笨手笨脚地缝着一个大包裹，女人只好自己又去要了一个单子回来，往男人眼前一递："你能，你写！"男人声音高了不少："我要是会写字还用你？"女人不再理他，四处看了看，然后有些不好意思地对我说："孩子，你能帮我把这个地址填上吗？我不知道往哪儿写。"我一边照着她给的纸片上的地址填写着，一边问："这是给谁寄东西呢？"女人立刻满脸地笑："给我儿，他在外地上学，我和他爸今天进城给他买了一件棉袄，怕他在外地冻着！"

我看收件人的地址是在河北保定，就说："河北那边冬天可比咱们这儿暖和多了，冬天可能不用穿棉袄吧？"女人很认真地告诉我："我儿从小就怕冷，身子骨儿太单薄，到哪儿都得穿棉袄！我和他爸给买了一件挺好看的棉袄，你看看！"她从包裹里拿出塑料袋装着的棉袄给我看，是当下比较流行的那种，夹克式的棉袄，深绿色。我夸了几句，说过几天我也买这样的。女人脸上的笑就更盛了，男人的脸上也生动了许多。

帮他们填写完单子，男人此时也有些高兴了，问我："你是给别人邮信吗？"我说是，男人像是想起了什么，对女人说："咱们也该给儿写封信一起邮过去！"女人立刻动心了，她去柜台要了一张纸，可是拿着笔并不写，只拿眼瞅着男人。男人说："你不写信瞅我干啥？"女人甩了他一句："每次不都是你说我写吗？"男人一把抓下头上的狗皮帽子，很为难的样子，然后对我笑出满脸皱纹："孩子，还是你帮俺们写吧，她写字太费劲！"

我问他们，想对儿子说些啥，女人立刻说："多吃饭，吃饱！"男人说："多锻炼身体，可要是和别人打架，回来我打死你。"女人白了男人一眼，说："咱家的老母猪一个多月前下了十二个小猪羔儿！"男人回瞪了她一眼："尽说没用的！儿啊，好好学习，努力用功！"

他们依然在说着，我听着，边写边笑，笑着笑着，就觉得眼里濡湿。前几年我在外地上大学时，也曾收到过母亲寄来的棉衣，里面也夹着母亲写的一封信。夫妇俩最后说得自己都笑了起来，我多想能把这笑声也寄给他们的儿子，让他感受一下这份温暖与牵挂。我猜想，那个孩子收到棉袄与信之后，身畔和心底一定如春暖花开一般吧。

一切都弄好了之后，我们一起走出邮局的大门，淡淡的阳光依然在身前身后洒落。他们笑着和我告别，那一刻，我的心里充盈着柔软的感动，身畔的小阳春也似乎更暖了。

那一声声叹息与呼唤

他从小爱鸟成痴，几乎每一只飞过眼前的鸟儿，都能飞进他的心里。父亲在他出生不久后就病故了，他和母亲相依为命。母亲白天去工厂上班，晚上还要在灯下用缝纫机做一些从服装厂接的小活儿。

他家住在城市最边缘的平房里，有个不太大的院子，小时候他经常站在院子里，看着檐下那些形状各异的燕巢，看着飞来飞去的燕子驮着风和阳光，悠然神飞。上学之后，他从别人那里要来一对鸽子，两三年的时间便繁衍了一大群。他养鸽子很用心，了解每一只鸽子的脾气性格。虽然家里并不宽裕，可他养鸽子，母亲却很支持。

当那群鸽子有一天不辞而别，不知飞往何处，再也不回来时，少年的他哭得不能自已。后来，他不只养鸽子，窗前更是挂了许多鸟笼，里面养着各种各样的鸟儿，唱着各种各样的歌儿。

有时候，他和母亲，就默默地坐在那儿，听着那些歌儿。不知从哪一天起，他似乎开始了叛逆，不想和母亲说话，也不想听母亲说话，只有这样坐听鸟鸣的时候，他和母亲才是平和的，如雨季里难得的阳光。

他没有像母亲所期望的那样，考上理想大学，找份稳定的工作。他勉强读完高中，就告别了校园。在汽修厂当学徒，在市场上卖菜，在工地上当力工，每一种工作都做不长久，而时间就匆匆地流走了。他也没有像母亲所期望的那样，找个踏实的工作，不管挣多挣少，能够养活自己，成家立业就好。有时候他也觉得惭愧，母亲劳累半生，却换不来她所期望的种种。可是他常常自己都弄不清自己到底想要怎样的生活，也许只有与鸟儿相伴的时刻，他才是真正的安静与安然的。

有一天，他把所有的鸟儿都拿去与别人换了一只鹩哥。他的那些鸟儿里不乏珍贵品种，可是他依然坚决地换了。他发现母亲越来越沉默，沉默染白了头发，他也想每天和母亲聊上一会儿，可是却不知说些什么，似乎说什么都是辜负，都会勾起无边无际的自责。可是他能怎么办呢？三十而立，他什么也没立起来，不知道自己想要什么，难道真要等四十不惑才能清楚此生的因由？

每天空闲的时间，他都在教那只鹩哥说话，可那只鹩哥却不学不说，任何办法都没用。他怀疑自己上当了，换来了一只傻鸟笨鸟。最后他终于放弃了，带着深深的失望。他换来这只鹩哥，是想教会它说话，自己不在的时候，希望它能陪母亲说说话。虽然不能像人与人那样交流，但是他觉得把自己想对母亲说的那些话，都化为短句教会鹩哥，听着那些话，母亲一定会欣慰一些吧。

他最终离开了，只对母亲说，要出去闯荡一下，一定要混得像个样子再回来。母亲难舍的目光牵绊不住他离去的脚步，他像曾经养的那些鸽子一样，飞向了未知的天空。只是在陌生的环境中，他才发现，自己什么都不会，想着学吧，但与人交流相处却格格不入，处处碰壁。他被踩成泥巴，再从泥巴被变成石头，露出了黑暗的锋芒，走上了一条通向深渊的路。

偶尔他会给母亲写封信，也只是淡淡地报个平安。而且他不给母亲留下具体地址，他不敢面对母亲的回信。曾经面对面都说不出的话，如今身处尘埃之中，那些话更是化作了沉默。在监狱的三年中，他再没给母亲写过信，他怕母亲收到监狱的来信，会崩溃，他更怕的，是母亲的伤心与失望。

当他重回故土，已离家近八年了，一种沧桑感在心底蔓延成无边无际的秋。回到家，却是空无一人，母亲在一周前病逝了。那一刻，生命中的秋全变成了寒冷的冬。虽然已经不惑之年了，可有母亲在，他总觉得自己依然是个孩子，而从此，他就成了孤儿，断了温暖的来处，只能自己一个人去面对世事苍凉。

那天夜里，他躺在床上，把那些深埋在心底的话，对着黑暗一一说着，泪流满面，可是他知道，即使说得再多，母亲也听不见了。正被无穷无尽的悲伤包围着的时候，他忽然听到一声长长的叹息，他猛地坐起来，然后又听见一声："儿啊！"他跪在了地上，那是母亲的声音，带着无尽的落寞与悲凉。

隔了一会儿，又是一声长长的叹息，和对他的呼唤。他打开灯，没有母亲的身影，可那叹息与呼唤依然继续着。他在角落里看到了那只鹩哥，它已经很老了，在笼子里静静地卧着，它看了他一眼，又发出一声叹息，又呼唤了一声"儿啊"，和母亲一样的声音，一样的语气。

他抱着鸟笼，哭得不能自已。

烟火可亲

我在邻村上初中，只有短短的几个月。每天放学后的黄昏，走在回家的三里土路上，心里便有着说不出的舒畅。先是走过一大片密林的边缘，一条毛毛道穿过农田，再经过那片已渐黄的草地，就到了那条很细很弯的小河旁。河很清浅，几块大石头散落在其中，轻轻巧巧地踩着石头跑到对岸，抬头看，村庄就已在不远处了。

家家户户的炊烟升腾成一种召唤，倦鸟翅上驮着夕阳，投入身后那片林子，一种巨大的亲切感扑面而来。过了河，我的脚步就急切起来，沿着土路上牛羊的蹄痕，投进村庄的怀抱。在家门前的矮墙上一跃而过，惊起满院的禽畜，南园里成熟的果蔬清芬流动，草檐下垂挂着红红的斜阳和燕子的呢喃，长长的风跟着我走进房门。

外屋灶台上的大铁锅里冒着香气，灶膛里的火燃得正旺，旁边堆着的柴火，还散发着秋天的气息。只是离开家一个白天的时间，回来就有着如此的亲切感，就像在穿越了风雨后，回归一个舒适的怀抱。

母亲正在灶台前忙着，这是她日复一日不变的工作，家中田里，一日三餐，缝补洗涮。平日里我不曾留意，只有这种归来的时刻，才会感觉到那份温暖。那时还没有想过，如果有一天我长久地离开家，再回来的时候，那一种感觉会强烈到什么程度。

后院人家的女孩子，和我差不多大，可家里的所有活计基本都是她在操持。母亲长年卧病，哥哥在镇里打工，父亲要干田地里的活儿，她一个人用稚嫩的肩，撑起这个家的琐碎。站在院门口，我经常会看到她抱着一捆柴火进屋，过了一会儿，炊烟就升起来。更多的时候，她家里飘出很浓的药味，那是她在给母亲熬中药。学校离得近，有时候她会在课间跑回来，看看母亲。

她却很活泼开朗，从不为家里的境况担忧，也不为天天干很多活儿而苦恼。她总是笑着，那种欢快的笑容，很能感染人。后来，当我离家愈远，故乡的小村便浓缩成了家的感觉，对曾经的每一个人都有着亲人般的想念。那个时候，想起后院的女孩子，心里依然会涌起感动。村庄里的每一户，都是守着那片土地，一辈一辈过着烟火人生，那些院落相连成一个大家庭，不管悲欢离合，还是喜怒哀乐，都汇集成深深的眷恋，成为无尽乡愁的来处。乡亲，乡亲，同饮一井水，共度朴素的岁月，便似乎血脉相连，亲如兄弟姐妹。

后来我家搬进城里，也是住在平房里，每天放学回来，看到烟囱里冒出的烟，依然会有着激动，而更多的，是思念曾经的村庄里那所低矮的草房。再后来，住进了楼房，便连炊烟也不可见。在没有炊烟牵着脚步回家的日子里，总感觉少了一些期盼。

再后来，我便越走越远，也暌离得越来越久，快过年的时候回家，走进熟悉的街道，看到自家的窗口，虽然没有炊烟，没有干柴火的清香，没有满院的禽畜，可是心儿依然猛烈地跳动，那种感觉，像极了当年从三里外的学校放学回家的时刻。空间加深了流连，时间沉甸了思念，所以，即使没有炊烟，我也一样在心里盈满了欣喜，因为，那扇窗里，依然是我所惦念和无数次梦回的烟火日子，依然是亲人的梦与盼在心底漫流成海。

所以，我可能永远都达不到那种不食人间烟火的境界，也无法想象那样心无挂牵的生活，我愿意在尘世的烟火人生里牵肠挂肚，平凡而悠长。

有一次小学同学聚会，都是曾经村庄里的伙伴，提起我家后院的女孩，他们说，她母亲后来还是去世了，她便也没读完高中就辍学了，没过几年，就嫁到了北边很远的地方。想起当年她的笑容，我们很是唏嘘感慨了一番。只是人生的际遇有时很难捉摸，我从没想过会有一天再遇见她。

可是真的就遇见了，在我们故乡的村庄，虽然近三十年过去，物是人非。当时我站在村里的马路上，看着我家原来的地方，那个让我魂牵梦系的草房早已没有了，我站在那里，用回忆拼凑着所有的昨日。然后，我就看到了她，也站在那里，看着她家曾经的所在，似乎也在记忆里重温着那些遥远的岁月。

说起那些往事，她的笑容依然那么欢快清澈，没有被时光的尘埃所篡改，就像岁月深处一朵永开不败的花，给我一种不期然的感动。

她说："我多想念那时候的生活啊，虽然家里艰难，每天我都要干很多活，烟熏火燎，可我还是很高兴，每天都是，因为我妈在，我爸在……"

我的心里也随之流淌着暖暖的河，一所房子，有了爱与牵挂，即使是寻常烟火，也是生命中最美的家。

如何才能拥抱你，父亲

从小到大他有一个心愿，就是父亲能抱自己一次。这么简单的一件事，却无法实现。父亲没有双臂。他知道父亲是爱他的，虽然有时严厉，脾气也不好，却都是为了他好。

如果问他，对父亲印象最深的是什么，那一定是父亲的"飞脚"了。他们兄弟三个都是这样想的。父亲的脚很有力，门前的大石头，能一脚踢飞，而最深有体会的，就是他了。有一次，父亲一脚把他从门里踢到了门外。再一个特点就是出脚准确，想踢哪儿就踢哪儿，柔韧性极好，他全身除了要害部位，几乎都和父亲的脚掌亲热过。他一度怀疑父亲是不是练过传说中的佛山无影脚，除了会武功之外，父亲的脚还有许多其他神奇功能，比如竟能用脚来干一些活儿。他觉得父亲真是个奇人！

就是这样一个父亲，从来无法抱他，也无法抱他的哥哥姐姐们。父亲不能像别人那样将孩子抱进怀里，或者高高举起。对此他只有羡慕的份儿，一直很想知道被父亲抱起举起时是什么样的感觉。可随着年龄渐长，他知道这个愿望永远不可能实现。

考上大学那年，他很想抱一下父亲，因为想让父亲抱他是不可能的。只是他刚张开双臂要抱，却见父亲的脚一动，仿佛就要飞出，他吓得立刻停住了脚步。两个哥哥早就辍学了，大哥已结了婚，他们笑嘻嘻地看着他，想看父亲脚下多年不见的"空中飞人"的情景。无奈之下，他只好狠狠地拥抱了两个哥哥。

多年不曾领教过父亲的"飞脚"了。却不想在大学第一年的寒假回家，就又领教了一回滋味。那时他正考虑着是不是要退学做生意，因为他觉得现在正是做生意的好时机，相比起来，读大学就有些耽误时间了。他只是无意间流露出这种想法，父亲听了，反应异常激烈，一脚踹在他的脸上，他的脸立刻红肿起来。一下子摔在炕上，母亲一个劲儿地埋怨父亲。他却觉得有些亲切。他知道父亲并不是一个粗鲁的人，相反，父亲读过不少书，虽然他读起书来很费力。而且，父亲的道理讲得一套一套的，说话也相当有水平，比那些大学里的老师说得都要好。所以，他给父亲的评价就是，能文能武。

那是父亲最后一次踢他，从那以后一直到大学毕业参加工作，父亲再没踢过他。父亲年复一年地衰老，有时他甚至怀疑父亲的脚还能不能爆发出当初那么大的力量。他结婚的时候，终于抱了父亲。在婚礼上，他给了父亲一个长久的拥抱，在这种情况下，他不担心父亲踢他。抱着父亲，他觉得父亲远没有小时候感觉的那么强壮。而当自己的妻子也拥抱了父亲时，父亲的眼中竟似有了泪光。他知道，此刻，父亲心里一定也是幸福的。

后来，他有了自己的女儿，父亲也无法抱孙女，却是目光柔和，跟在孙女屁股后面讲故事。他有时会嫉妒，问："你脑袋里原来有那么多故事，当初怎么就不讲给我们听呢？"父亲横了他一眼，下意识地做了一个要抬脚的动作，他也下意识地向后闪了一步。而父亲早别过头去，继续缠着孙女给她讲故事。

再后来，父亲卧病不起，在医院里的最后时刻，他哭着将父亲抱进怀里。父亲吃力地对他说："别想着爸一辈子过得不容易，虽然总踢你们，可我还是很为你们骄傲的。我要走了，也别难过，我本来就是偶然路过你，偶然成了你爸爸，只能陪你走这么远，以后你要自己去走了，为了你的孩子……"

抱着父亲无臂的身躯，感觉是那样单薄，却又是那样厚重，如一座大山，给了他无法逾越的父爱高度。失去双臂的父亲啊，虽然你从不能抱自己的孩子，可是今天抱着你，却发现，原来你的生命一直在拥抱着孩子们，从不曾离弃。

针线里的母亲

有时候，母亲依然会拿出针线，戴着老花镜，在透窗而入的翩飞的阳光里不知缝补着什么。看着母亲头上的白发，爬满皱纹的青筋裸露的手，被生活压弯的腰身，似乎除了手中的针与线，一切都改变了。

或许每一个二十世纪八十年代出生的人，都会在心底有着这样温暖的记忆。昏黄的烛光下，年轻的母亲飞针走线，厚厚的影子在墙上微微摇动。只觉得那时的母亲，没有不会做的活儿，没有缝补不了的东西，没有纫不上的针。一针一线，补缀着时光的朴素、岁月的寒凉，为我们缝了一个生命中永不褪色的梦。

这是母亲留给我们最美的场景之一，似乎曾经的每一个针脚里都藏着数不尽的爱与回忆。几年前，我曾听一个女子说："成为妈妈后，我最大的遗憾就是不会做针线活儿，于是我学了很久，学会了，却发现没有什么东西可以缝补……"带补丁的衣服，母亲做的鞋，也曾在某个年纪那样地排斥，可是，当半世尘埃落定，却又是那样地想念，而母亲已垂垂老矣。

后来，有了缝纫机。缝纫机的嗒嗒声，是多少人童年梦里如歌的行板。更多的时候，我总是凝神看着母亲指上戴的顶针儿，在灯光下，随着手指的灵动而闪烁着柔柔的光。家里有一个针线笸箩，似乎是用竹子编成的，里面有好几个顶针儿，还有黄灿灿的铜顶针儿。更多的是线棒，是用鸡鸭鹅的腿骨做成，每一根上面都缠绕着不同颜色的线，回想起来，也无外乎黑白灰等有限的几种。缠线棒上插着粗粗细细长长短短的针，笸箩里还散落着大大小小各种样式的纽扣。这一切，都带着母亲那双手的温度。

那时特别羡慕大姐。大姐温柔娴静，不像我和二姐那样整天走东家串西家。大姐很会绣花，当她把一块布固定在圆形的花绷子上，把各种颜色的线摆好，就会把我的目光和脚步都吸引过去。如今有些记不清那些绣花针是什么样的了，似乎有的针尖儿处有小钩儿。我就那样守在大姐身旁，看她的手灵巧如燕，把我的目光也绣了进去。所以每次看到家里枕头上的花鸟图案，看到一些小帘上的山水蝴蝶鸳鸯等，都会有一种亲切感。

如今回望，大姐静静绣花的那些时刻，连光阴都泛着涟漪，似乎空气都旖旎着要生长出一种幸福，一种美好。当时的神往，是如今的沉醉，回忆如一根温柔的针，时光是缤纷的线，在我的心底绣上了那么多难忘的情景。

当年最喜欢去叔叔家里玩儿，有一次，看见才六七岁的小堂

第一辑 爱是生在心上的皱纹 | 049

妹正守着一些碎布片挑挑拣拣，然后穿针引线，又剪又缝。等我和堂弟在外面玩够了回来，发现她已经做了好几件极小的衣服或者裙子，正在给她心爱的洋娃娃试穿。那时的小女孩似乎都会做这些活计，仿佛是一种最美的传承，来自母亲。

岁月流转，当兄弟姐妹重聚，聊起过往，笑声里却有着不尽的唏嘘，大姐早已不绣花了，小堂妹也已很多年没有摸过针线了。每次看到母亲拿出针线缝缝补补，虽然不复从前的灵巧，我的心依然会在柔软中疼痛，在疼痛中幸福，在幸福中濡湿。

第二辑

那些光阴里的故事

每一次回眸成长的岁月，目光都会点亮一朵无瑕的花，简单的快乐，朴素的幸福，葱茏成来路上所有的眷恋。

好花天

当浩浩荡荡的东风渐渐变得温柔起来，又悄悄地改换了方向，南园里的那棵樱桃树便无声无息地开满了花朵。在这松嫩大平原上的小小村庄，花开时节已然进入了初夏，而那些迟到的灿烂却依然延续着春的余韵。

我们欣喜地跑进南园，去看那些细小的花朵，仿佛看到了时光之后的那份甜蜜。转头间，发现邻家园子里那棵高大的杏树，不知什么时候挤满了淡粉的花儿，正在零零碎碎的南风里招摇着。满园的蔬苗刚刚钻出泥土，便一头扎进阳光的河。归来不久的燕子，正忙着衔泥补巢。一种崭新的喜悦便从眼睛流进了心底，于是我们吆喝着左邻右舍的伙伴，成群结队呼啸着奔向村外的旷野。

岁月的风长长地吹过，吹散了遥远的花季。黑龙江的春夏，花的种类本就不丰富，少年时，从未看过林花群放的场景。然而也并没有什么遗憾，因为当年的那些花朵已然走进了我的生命深处，所以匆匆掠过的那么多个春天，已然在心底无悔成一种芬芳。

无边无际的黑土地上，庄稼刚刚发芽，细细的草却浅浅淡淡地覆盖向远方。奔跑的脚步叩响着大地上的美好，偶尔遇见挎着小柳条筐去采野菜的女孩们，风和阳光憩息在她们的辫梢儿上，她们看着我们笑。在这片土地上，我们都是野孩子。几乎每天都在野外相互追逐奔跑，跑着跑着，足音就唤醒了一路的野花，它们和青草一起拉扯着我们的裤脚，想让我们有着片刻的停留。

我更喜欢那些无所不在的野花，而五月的野花都小小的，虽然星星点点，却恣意而蓬勃。似乎每一朵都没有动人之处，香色形都不可取，可是聚集着弥散开来，便拥有了一种直入心灵的震撼。而三十多年后的今天，当太多的光阴散若微尘，回望童年遍地的野花，我忽然明白，生活、生命也是如此，平凡才是常态，而那些平凡的叠影，却有着别样的魅力。所以当我回忆曾经的日子，都是最美的时光，不管身处其中时是顺是逆、是悲是欢。

那些花开的日子总是风日晴和，坐在窗前，目光透过一树繁花，去捕捉大草甸上那朵灵动的云，却碰落了一串动听的鸟鸣，一只布谷鸟的身影正从高天上滑过。啼鸣声垂落下来，又触落了樱桃树上的几朵花。此刻才发现，原来已经到了花落时节。之后花儿一天比一天落得多，那时年少的心里对于花飞满天并没有什么伤感失落，反而觉得是另一种美，更有着一种期待——那些樱桃就要结出果子来了！

　　坐在窗前，风从南边的大草甸上奔跑过来，那些落花便纷纷跟着越过墙头，有几片还轻盈地飞进窗子，落在我的面前，日子是如此悠长而美好。可是从什么时候开始，面对花谢花飞，不再有清澈的欣喜和渴盼，却满怀怅惘？如今想来，那些年轻的闲愁闲绪也如落花般美好。一生中，心绪纵横成网，没有那千千结，又如何去打捞那许多弥足珍贵的点滴美好？

　　母亲的身影依然在南园里忙碌着，隔着重重花雨，母亲转头对我和姐姐们微笑，我们也笑。几张笑脸穿透光阴的河，依然清晰地映在心上，把所有的初夏时节都点亮了，把所有的花期都唤醒了，把所有的心情都温暖了。

月亮地

　　一缕极细的风从敞开的窗子溜进来，蜡烛开出的花儿微微地摇曳着，母亲做着针线，我捧着一本故事书看得入迷。这时候门开了，姥爷和月光一前一后地走进来，他对我说："外面大月亮地儿，出去玩儿吧！别总在家里坐着！"

　　走出门，月光呼啦啦地扑落在我身上，把我的影子从身体里推了出去，清晰地跌在地上。抬头一看，好大的月亮，天上一丝云也没有，一些亮的星星稀疏地散落着。南菜园里的果蔬静静地散发着芳香，高高的老杨树默默地站在墙角，每一片叶子都载满了月光。混成一片的蛙鸣从村南的大草甸上流淌过来，淹没了整个村庄。

　　这样的夏夜总能让我心生欢喜，沿着房后的土路向村西走，路面上的一沙一石都亮着，路旁的一草一木都醒着。不知谁家的狗叫了几声，拖着慵懒的尾音。有几个老人坐在谁家门口的老树下聊天，长长的烟袋上明灭着点点的火光。一辆马车从西边过来了，两匹马突突地打着响鼻，有个老人高声问："这么晚才回来，又去拉土了？"赶车的人甩了一下长鞭，夜空中绽开一朵清脆的响声："二大爷，这月亮地多好，正好多拉几趟！"

有几个孩子在不远处的空地上追逐着，杂沓的脚步和交错的影子扰乱了月光，喊声笑声在空中翻滚。我看了他们一眼，却并不想加入他们，今夜我只想一个人走走。

一直向西走到村口，是一截断了的大坝，大地在大坝外跌落了下去，跌落的大地平展展地向远处弥漫，月亮是那么亮，可以看到远处的庄稼正在静静地拔节。小水库清清亮亮，平静得像童年的眼睛，连接着小水库的，是一条细细的河流，正悄悄地唱着歌。侧后方是一片小树林，似乎有一只不肯睡的鸟叫了一声，却被蛙鸣给吞没了。我们的夏夜并不是静寂的，那些隐藏着的青蛙总是彻夜不眠。

回头，我的村庄在月光的怀里正走向一个美梦，忽然想起村庄里的每一个人，他们在做什么呢？在月光下闲聊，或者干着什么活，或者早早地睡下了。在这大好的月亮地里，万事万物都美好着，身后的村庄，眼前的大地，虽然都那么朴素，虽然并不那么富有，却永远是我现世安稳的家园。

大坝下的土路上走来两个人，拖着淡淡的影子，待近前了，才认出是前院的父女俩，早晨的时候听他们说去镇上亲戚家串门，没想到这么晚才回来。他们走上土坡，我问："二舅，十八里地，这么晚还回来？"他笑："这大月亮地的，还凉快，正好溜达回来！"七岁的小姑娘眨着大眼睛冲我笑，月亮就落进了她的眸子里。

忽然想起去年冬天的时候，父亲带着我从镇上的亲戚家回来，雪后初晴，月亮也是这么圆这么大。大地上是一层厚厚的雪，只有一条被踩踏出来的小路细细弯弯地伸向远方。即使没有月亮的夜里，大地上也是亮的，而圆月高悬之时，雪野就活了起来。那个晚上，我和父亲的肩上栖着月光，伴随着一路的咯吱声。多年以后，我不曾想念那些被踩疼的雪，却忘不了头顶的月亮。

身后村庄的灯火已熄灭了很多，我慢慢地往回走，路上遇见前来迎我的花狗，它的尾巴飞快地摆动着，摇乱了月光。在月亮地里，它也是兴奋的。那群玩耍的孩子已经散了，那几个唠嗑的老人也都回家了，土路上只有月光和蛙鸣一遍遍地徜徉着。

回到家，母亲依然在烛光下缝补着，姥爷的鼾声已经在小屋里响起。我躺在床上，月亮就挂在檐下，那一片清光会共我入眠，在梦里，我也会流连着行走在堂堂的月亮地里，满心欢喜，乡愁遥远。

星在窗外

　　合上书，熄了灯，黑暗便填满了整个屋子。无意间转头向窗外看了一眼，一颗很亮的星便与目光相遇。于是便有了刹那的愣怔与恍惚，想不起上一次看到星星是什么时候，似乎已经太久太久了。不知是因为熟视无睹，还是因为失去了抬头的兴致，仿佛夜只是夜，纠缠着乱梦或者繁杂的思绪，而星光总穿不透心情。

　　是不是岁月已经久到折断了目光，也折断了心情，遥远的从前，每一颗星都能点亮心底的柔软。曾经的那个少年，孤独而敏感，总是在晚自习的时候偷偷溜出去，来到破旧教学楼的楼顶上，坐在一堆木头中间，坐在满天的星光下，对着最喜欢的那颗星，想象着它是哪个人的眼眸，正凝望着他所有的心事。离它最近的那一颗，少年就想象成自己，彼此就那样清辉交映着默默相伴。

　　有时候，在楼顶的那片空地上，在星光之下，他一次次地做着侧手翻和前手翻，翻得满身是汗，然后迎着细细的风，把心底的烦躁一点点散去。那时的确有一点迷茫，挟着自卑，总是把心淹没。虽然那一点星光并不能指示他前行的方向，可毕竟温暖了心底的一些幻想，或憧憬。

那就是我的青春，只有那颗星星听我的倾诉，看着我的身影，苍白中蕴含着眷恋。总是在睡前翻身而起，看看窗外的那颗星，然后对它轻声道晚安。

青春里的那颗星星已成微尘，我在夜里再也寻不见，连同曾经的那些无边无际的心情。当年华隐入长夜，便再也不敢回望，我怕我不再清澈的目光，会熄灭那遥远的星辰。

有那么一段时间，我依然是在青春的尾巴上，在一个与世隔绝般的山村度过。每个黄昏，我都会坐在窗下，于斜晖里默默地看一本书。初秋的风轻轻悄悄地从山那边越过来，跑过并不宽阔的操场，与手中的书打着招呼。当夕阳的花谢落，我便放下书，静静地等待夜的果实。渐渐地，那些熟透了的星星次第现出身影，我于眺望中竟看到了乡愁。

彼时彼境，心底有着失落，却也交织着希望，可希望是那么浅淡，凝不成梦想的影子。只有星光亮起的时候，才会感受到一份静静的美好，似与自己无关，却又近在身畔。现在想起，才明白，当年那些看似与自己无关的美好，才是永恒着的，不会因忽略而失去，也不会辜负与被辜负。

而此刻，在这个三十年后的夜里，熄了灯的我，再次让一颗星走进了心底。我知道，曾经那颗承载着我太多目光和收藏了我许多心语的星，依然还在，就算我寻不到它，它也一直在夜空的某一处凝望着我，即使再也遇不到我的目光和心语。不知从哪一夜开始，我关上了那扇窗，或者，丢失了那扇窗，从此，风尘满天。

我也知道，就算我寻回了那扇窗，也找到了那颗星，却再也找不回曾经的心情。可是，知道它在，就足够了。在我如夜般深沉的忧愁之河上，并不需要一座直抵那颗星的桥，因为心在，它就在。它并不是什么希望和梦想的象征，也不是心事的寄托，它只是默默地相伴。如此，就好。

就像那些同行的人，即使没有并肩携手，也依然是走在同一条路上。

摘烛花

三十多年前，烛光常常绽放在夜里，我喜欢点燃蜡烛的那个瞬间，火柴头爆出灿烂的花儿，唤醒了一根蜡烛飘摇着的柔柔心绪。我也喜欢看烛光把影子投射到墙上，感受那些影子微微地摇曳时厚重而踏实的温暖。

蜡烛燃得久了，棉线烛芯会有一部分被烧成炭状，弯弯地垂下来，或者使烛光更亮，或者使火焰跳动，就形成了烛花，所以每隔一会儿就要把燃过的烛芯剪去。开始的时候，我会拿着剪子守在那儿慢慢地等，看层次分明的火焰伸缩着，看烛泪缓缓地沿着烛身流淌。等到烛芯长了，便伸出剪刀，烛焰就被压得矮了下去，随着剪刀移开，烛焰又重新生长起来。那一小截烧焦的烛芯被齐齐剪了下来，在剪刀上升腾起一缕极细的烟。

那时并不懂得剪烛的意境，更没有读过那么多诗词，只是觉得举起剪刀的那一刻，就像给一棵树剪枝，可以让花开得更盛，便乐此不疲。

后来我抛弃了剪刀，也不再守在烛畔，因为我学会了摘烛花。那是真正的"摘"，见烛光暗了，就跑过去，伸出拇指和食指，飞快地在烛焰中一捏一缩，焦了的烛芯就被摘了下来，然后迅速抛掉。因为速度快，所以根本没有灼烧感，两个指肚会被一层极薄的烛油粘在一起。如今我依然记得那种细腻的感受，柔软中带着温热。

最初，我看见母亲伸手就摘下了烛花，便觉得很奇妙，偷偷练了许多次。把两指伸进火焰中，看着是那么可怕，其实不会真正被烧到。有时我们也会让手指飞快地从烛火上拦腰而过，却斩不断火焰，就如时光斩不断的往事，永远那么蓬勃地生长着。

烛光跳动时，我和姐姐们便都跑过去摘烛花，却在心急之下失去了准头，直接掐灭了烛光；有时是奔跑带过的风熄灭了烛光，我们便在黑暗中，在淡淡的蜡烛的气息中，不停地笑。直到母亲呵斥，才重新点燃，点燃之前却并不先处理烛芯，一定要在燃烧中伸手去摘下。

那时的蜡烛是一毛四一根，之所以记得这么清楚，是因为它和一个大笔记本的价格相同。我和姐姐们围坐着写作业，桌子中间站着一支蜡烛，而不远处的炕上，一些老太太在唠着家常。我们有时会因为蜡烛离谁近而争吵，这时一根长长的烟袋就从空隙里伸进来，烟袋锅儿与烛火来了个亲密接触。烟袋嘴儿含在某个老太太的嘴里，随着她不停地嘬动，烛火便也一明一暗地伸缩着。等到烟袋点燃了撤了回去，我们几只手便齐齐伸过去，看谁先摘下那朵新开出来的烛花。

我不知道有没有人曾这样去摘过烛花，就像想去摘一朵回忆，却总是捏不住指间的一缕轻烟。岁月的风熄灭了曾经的蜡烛，当年摘下的无数朵烛花也早谢落在无数个夜里，就像往事成空，可那种柔软与温暖却一直都在。

砚池

那一天下着很大的雨，我抱着一撂作业本穿过长长的走廊去老师办公室，数学老师并不在，只有一个年轻的男老师正在专心地写毛笔字。我把作业放在数学老师的桌上，然后悄悄走到近前去看他在写什么字。

年轻的老师刚刚写完四句："静夜四无邻，荒居旧业贫。雨中黄叶树，灯下白头人。"很美好的诗句，很美好的隶书，十五岁的我站在那儿看呆了。直到老师去蘸墨，才把我的目光和心神牵引到那一方古朴的砚台上。砚池里半盈着墨，老师提起笔来，一滴墨落回去，微小的涟漪便漾开来，空气中也微微流淌着浅浅淡淡的墨香。

对于砚台，我并不陌生。儿时我就常见爷爷对案挥毫，他的字多是楷书或行书。爷爷有一方砚台，很大，看样子很古老，砚身上还雕着花草和字。我和姐姐们最喜欢给爷爷研墨，在爷爷的指导下，我们才知道研墨也是一件很讲究的事。几滴清水，墨条与砚底细细地磨，渐渐地一池墨满。写完字后，爷爷洗净砚台，再往砚池中注满清水，就那样养着砚，也养着日月流年。爷爷去世后，那方砚台不知遗失于何处，那之后我再没见过砚台。

我盯着那砚台悠然神飞，老师叫了我一声，才发现砚池已枯，那首司空曙的五律早已完成，而且还写了另外四个大字——风雨如磐。我小心地去给老师洗砚，洗好后，又在砚池里盛满清水。老师惊讶地问我怎么懂这个，我讲了儿时的事。老师越发来了兴致，在窗外密集的雨声里，给我看他的一套篆刻作品，是刘禹锡的《陋室铭》。讲着的时候，那一池小小的水静静地清澈着，仿佛正孕育着鸟语花香。

从那时起，我就有了很强烈的愿望，我小小的书桌上，若是能有一方小小的砚台该多好，它一定在书纸之间占尽风情。或盈然一池墨，或悠然一池水，倒映着我心底所有的天光云影。有一次从一户人家的窗前路过，无意间看到屋里的窗台上放着一方砚台，没有了盖子，落满了灰尘。砚池如枯寂的湖，盛满了空空的寂寞和遥远的墨香时光。是谁曾经持一管柔毫与它轻触，然后在古老的宣纸上流淌成山水花鸟或真草隶篆？是谁在寒冷的日子里，化一抔清水与墨相拥，然后浓烈成一个灿烂的春天？又是谁把它遗忘，让它在这个角落里孤独生尘？

失去了墨的陪伴，失去了那一双手的温度，砚台就真的空了，如一个枯萎的季节，只有记忆在尘封中疯长。

后来，我终于买了一方小砚，普普通通的石砚，每日里我的毛笔撩动着一池怡然，化作许多旧报纸上的稚嫩笔触，就像我从青涩走向成熟的光阴。"重帘不卷留香久，古砚微凹聚墨多"，那一池浓浓淡淡的墨水里，也融进了我许多青春的心情。我喜欢那方砚，虽然它那么便宜，可是因为相伴而价值无限。而看到新闻里那些拍卖百万的古砚，难以想象的天价，供在博古架上珍而重之，真的可以慰藉它们千年的寂寞吗？

爷爷曾经说过，人心如砚。在数不清的岁月流年中，我终于明白，心如砚台，坚硬中带着细腻，就可以把那些失意的时光，研磨成一池春水，然后在生命的宣纸上流淌成一个春暖花开。

许多年后的某一天，我梦见了爷爷的那方砚台，它盛着清水默默地站在夜里，砚池里落进了一轮鹅黄的月。

一梦无涯

在一眼望不到边际的大草甸上，小小的我紧跟在父亲的身后，还不忘东张西望寻找着野鸭子。父亲的肩上扛着捕鱼的扒网，二姐在更前面提着一个小桶轻快地走着。当我弯腰去捡鹌鹑蛋，再抬起头时，父亲和二姐的身影都不见了。四望茫茫，雾气翻涌，于是便大声呼喊。

在惊慌无助中醒来，眼前是狭小的空间，床帘密密地拥着我所在的下铺，大学寝室里一片寂静。父亲写来的信还躺在枕畔，每一个字似乎都在昏暗中闪亮着。拿起信来，每一句都于黯淡中清晰可见，可我竟读不出什么意思，似乎每一个字都认得，组合在一起就像成了天书一般。我急得拉开床帘，想让灯光进来帮忙，可是手却忽然不能动，黑暗重重地压过来，压得我喘不过气，想喊却发不出声音。

用尽所有的力气猛地挣扎，身体一震，倏然张开眼睛，阳光正纷纷扑落在窗帘上，窗外树上一群麻雀的吵闹声一拥而入。我愣怔良久，这才是真实的人间，才明白自己已然是历了半世风尘，如今早已鬓若繁星，不再是那个小小的孩童，也不再是那个忧郁的少年。我不知道你有没有经历过这种梦中之梦，如我这般，一梦四十多年前，未及归来，又一梦二十多年前，然后才真正醒来。

想来父亲离开得太久太远了，久到已经模糊了许多细节，远到我追过一重重的梦境，却依然触碰不到他的身影。也许每个人都曾有过那样的梦境，追赶着逝去的亲人或者思念的人，却总是触不可及。

我曾看过一幅国画，朦胧的帘幕低垂之间，一个女子侧卧而眠。虽然人物很近，却越看越遥远。也许那个女子的魂梦早已飞越万水千山，缠绕上离人的身影了。"打起黄莺儿，莫教枝上啼。啼时惊妾梦，不得到辽西。"也许水阻山隔之外的人，才会牵着另一个人的梦走得那么远吧。

光阴深处的过往，就像那些无远不至的梦，虽然隔着岁月的帘幕，却依然让我们不停地去回望，去追索。云影一样飘过的人，涟漪般荡漾过的情感，也常常会化作夜里一个虚幻的梦，醒来时不知今夕何夕，于是于错乱之中发现，这一生似乎也是一场长长的梦。

还是小小少年的时候，一个阳光慵懒的夏日午后，我穿过村庄短暂的宁静，去找小伙伴。和一丝风一起走进敞开的房门，屋里的人都已经过了二道岭了。"二道岭"是我小时候乡人对于睡觉的另一种说法，意思就是睡了很久了。也许人们做梦都会梦到很远的地方，才会有这样形象的一种说法吧。

屋里的人都在睡着，轻微的鼾声里释放着在田地劳动了一上午的疲惫。伙伴并不在家，我看到他的姐姐靠在一把老椅子上睡着了，一本厚厚的《红楼梦》半盖在脸上。

虽然当时并没有什么感触，可是多年以后却总是想到那个场景，便觉得很美好。回望曾经的那个姐姐，她看着《红楼梦》睡着了，如果有梦，那也一定是一个极遥远而美好的梦吧？后来我也曾多次有过那样的时刻，看书倦了困了，便以书为帘遮盖在脸上，于层层帘幕的清芬里，一梦无涯。

那么多的梦在追溯着眷恋，那么多的梦也都在走远，当我把这许多思绪流连于笔尖，也算不负这凡尘一梦了。

秋天的眷恋

　　深秋的朝阳铺满了那条弯弯曲曲的土路，我用扁担挑着两大筐豆茬去学校，阳光和风随着扁担的颤动而跳跃着。一路上都是和我一样的孩子，大筐的豆茬或者苞米穰子源源不断地流淌进学校，流淌进每个班级。它们被整齐地码在教室后墙边，那是整个冬天我们烧火炉取暖用的燃料。

　　每当大地上的庄稼收割完了之后，我就跟着姐姐们扛着一把四股叉或者铁锹，提着一只大筐或者麻袋，去黄豆地里挖豆茬。村里上学的孩子几乎都出来了，大家争抢着占领黄豆地。整齐的豆茬带着斜斜的尖刺直指天空，像一排排锋利的枪头。姐姐们在前面挖，我在后面把豆茬根上的土相互碰撞着弄掉，然后堆在一起。一边干活，一边和相邻的孩子们大声说着话，笑声就纷纷落在地上，流淌在每一条垄沟里。有时候累了，就躺在泥土上，只觉得天那么高，云那么近，长长的西风捎来村西小河的流水声。

豆茬运回家里后，还要在阳光下晒几天，等干透了才能拿去学校。豆茬比别的庄稼的茬子更耐烧，当然，实在没有挖到豆茬的，也可以交苞米穰子，不过要交得更多。在漫长的冬天里，教室里的火炉旺旺地燃着，我们总会想起在秋天的大地上挖豆茬的情景。

深秋的大地上，还有更多的乐趣，在等着我们这群不安分的野孩子，其中遛土豆就是一个充满期待与欣喜的活动。其实收土豆的场景就挺壮观的，当犁把田垄划开之后，大大小小的土豆就簇拥着在泥土里半隐半现了。大家收捡着这些土豆，一遍又一遍，直到再没有残留为止。可是，大地总是那么神奇，它总会留一些惊喜给人们。所以，每当土豆秋收以后，我们就去土豆地里，继续挖那些田垄，当一个个隐藏很深的土豆暴露在天光之下，我们的热情和兴奋就燃烧得更旺。每当挖出一个很大的土豆，我们都会发出一声惊呼。在大地上，孩子们的惊呼声此起彼伏成一股快乐的浪潮。

不只是我们这些孩子，大人们也喜欢遛土豆，勤快一些的，每到这个时候都能捡回好几麻袋土豆。不过也不用担心大地上的生灵没有食物过冬，大地是神奇的，即使你遛过千遍万遍，它也总会收藏一些东西，留给需要的生灵们。

我们也会在收割了的黄豆地里捡豆粒，是在挖豆茬之前，或者同时进行。捡黄豆粒是一个很琐细的活儿，要有耐心，而且很累，惊喜不大，常常是捡了半天，也没有多少收获；而不像遛土豆那般，哪怕只挖到一个大的，都会鼓满干劲儿。其实黄豆比土豆值钱多了，还能换豆腐呢。

在捡豆粒的时候，经常会看见一只或一群田鼠，我们大叫一声"大眼贼"，它们便衔着豆粒仓皇而逃。在深秋的田地里捡拾各种东西，遇见田鼠洞时我们往往会避开。老人们常对我们讲，它们也是有家有口的，需要生存，所以不要赶尽杀绝，否则对自己、对子孙后代都没有好处。我曾看过别人无意间挖开的田鼠洞，真是让人大开眼界，和想象的完全不一样。在洞穴的深处，有几个方形的小房间，多是仓库，不同的粮食放在不同的仓库里，有的装满了玉米粒，有的装满了黄豆粒……还有一个房间是厕所，真是叹为观止。

也曾遇见过死去的田鼠，它们的头挂在干枯蒿草的枝杈间。有老人告诉我们，那是因为它们的洞被挖了，它们没法过冬了，就选择了死亡。我至今也不知是不是真的，可是，田鼠们的死状真的很让人难受，所以我们恨透了那些挖田鼠洞的人。

三十多年后，我回故乡去上坟，看到尚未开始耕种的大片农田，想起了那些遥远的秋天。离乡日久年深，一茬一茬的秋天在西风里消逝，那些眷恋也在我心底一茬一茬地生生不息。

我知道，如今深秋的大地上，再也没有那些心怀期待的人，去泥土里寻觅一种满足。我很庆幸自己有过那样的曾经，有过那样朴素的幸福和简单的快乐，也许，在现代人的眼里，这幸福和快乐微不足道，可在我的生命中，却是无与伦比也永不再来的珍贵。

听炊烟向天空诉说

临近中午的时候，大雪已经停了，我和表弟也走得累了，虽然村庄已近在身畔，可我俩还是躺倒在厚厚的雪地上，大口大口地呼出团团的白气。从叔叔的村庄到我的村庄，短短六里地，我俩却走了两个多小时。多年以后，我依然会记得那两个在雪地中行走的孩子，一个九岁，一个六岁，那两行深深的足迹，一直连接着近四十年的光阴。

躺在雪地上的我们，忽然发现村庄的炊烟正依次升腾而起。冬天的炊烟和夏天的不一样，夏日的炊烟轻灵而清晰，如风中摇曳的柳条，易倒而易散。而此刻眼前的炊烟，虽然不那么浓烈，却凝而不散，丝丝缕缕地于高空中弥漫，就像绕梁的歌声，看似纹丝不动，其中却有着诸多细微曲折的变化。

那个疲惫的中午，炊烟第一次真正走进我的眼睛。虽然日日与炊烟相见，却只是感受到那种烟火气息。春天的炊烟浅浅淡淡，还没升起多高就融进空气中；夏天的炊烟却热烈了许多，同着鸡鸣犬吠，一起醉倒在长风里；炊烟走到秋天，就超然了许多，它攀爬得更高，似乎想成为高天上的流云；而此刻的炊烟是厚重的，如一张巨大的被子笼罩在村庄之上，我仿佛闻到了里面酸菜土豆的香气，听到了深藏其中的欢声笑语。

我和表弟爬起来，走进村子，远远地看见我家的烟囱正吐着浓烟，这样的时刻，是人间与天上交流的时刻。只是，炊烟在向天空诉说什么呢？一进门，热气扑面，二姐正坐在灶口不停地添柴火，带着香味的蒸汽从木锅盖的缝隙里挤出来，满屋里游走。柴火是玉米秸，它们从泥土里钻出来，经过两个季节的生长，深谙大地的沉默。它们进到屋里，静听着琐碎的家长里短，唤醒着灶台上的五味杂陈，最后在燃烧中把这一切变成有形的语言，全部讲给天空听。

而这些直上云霄的语言，却在刚才的时刻，被卧在雪野上的我一一捕捉到，却又无法对人言说，于是就在心底积累成一种诗意的成长。所以进门的那一刻，闻着熟悉的家的味道，看着每一张笑脸，忽然就懂得了朴素生活中蕴含的幸福。那天晚上，我在日记本上只写了一个标题——听炊烟向天空诉说，内容却一片空白，我没有办法写下那份幽微而复杂的感受。

即使在多年以后的今天此刻，想起故乡遥远的炊烟，写下的，却依然不及那年那日所思所想的千分之一。只觉得那炊烟如此珍贵，它来自春天人们在大地上的耕种，来自夏日人们挥锄时倾洒的无数汗水，来自秋天被笑容浸染的心情，更来自母亲顶着冬日北风抱一捆柴火进门时的身影。这四季里多少心血的倾注，才余下房前那一大垛柴火，给我们以温饱和安然，而炊烟就是庄稼留下的最后的足迹，写满了天空。

千百年来，村庄的炊烟讲述了多少人间的悲欢，也许只有天空记得。我虽然只在那个冬日的中午听到了只言片语，却在心底写下了一生的幸福与眷恋。

旧时光里的硬币

　　多喜欢那个遥远的夏天，一声声叫卖冰棍儿的吆喝，带着一种透着清凉的诱惑缠绕住我的心，于是捏着一枚小小的二分硬币飞快地奔出家门，换来那一份清甜。于是盛夏褪去了炎热的外衣，只剩下渴盼中的美好。

　　只是那时手头的硬币并不多，一分二分五分，宝贝似的留着，藏着，买一根冰棍儿，是要好些天才能做一次的奢侈事。后来不知从哪一年开始，冰棍儿竟然涨到五分钱一根，我就更少去买了。那时候也不清楚自己留着钱要干吗，就是舍不得花。

　　再大一点儿的时候，我用一个大的不透明的塑料瓶做了一个存钱罐，把瓶盖封死，瓶身上割出一道缝隙，于是我的那些硬币就从这道缝隙进入了新家。有时候得到一枚硬币，便急急地塞进去，喜欢听硬币落进"存钱罐"里的那一声轻响，极为悦耳。有一次我在村里闲逛，在路上捡到一枚一分钱硬币，虽然它那么脏，可是在我的眼里却闪着那么迷人的光。

我不知你有没有这样玩儿过，把一枚硬币放在一张白纸的下面，用铅笔不停地在硬币的位置涂抹，然后硬币上的图案和字便清晰地在纸上出现了。那时候我们乐此不疲，一分的，二分的，五分的，正面，反面，涂满了很多纸。多年以后，我也忘不了笔尖在那些硬币的凸起上行走时的细微触感，而那些图案更是印在了生命的最初，永远绽放着朴素的美。

后来我家搬到另一个村子，第一年借住在亲戚家的空房子里。墙上有一面不大的镜子，右下角处有几条交汇在一起的裂纹，交汇处粘贴着一枚五分的硬币。我曾多次想把它抠下来，只是它粘得那么紧，又怕把镜子弄碎，尝试了好几次我终于放弃了。只是每次照镜子，它都会牵引着我的目光。

邻家有个比我小的女孩，在一起玩儿的时候，她的手里总是攥着一枚特别新的五分硬币，在太阳下银光闪闪。起初我们以为她是在炫耀，后来才知道那是她姑姑给她的，她一直留着舍不得花。于是每次有卖冰棍儿的过来，我们都怂恿她去买冰棍儿吃，或者我们自己买了故意在她面前夸张地吃。她都不为所动，虽然能看出她很馋，但那五分钱就像长在了她手上一样。

有一次，她不知怎么把那枚硬币弄丢了，一时哭得惊天动地，然后疯了似的在犄角旮旯里找，一天天地找，却一直没有找到，她家里人送了一枚硬币给她，说是找到了，可她看了一眼就摇头，也不要。从此她的笑容就消失了，总是自己默默地走着。

后来我们才知道，她的姑姑对她特别好，去年因病去世了，她想念姑姑，所以时时刻刻拿着那枚硬币。

一年多之后，我家搬到了村西头，有了自己的房子，我也上学了。我积攒的那些硬币，就换成了铅笔橡皮本子等，心里很有一种满足感，觉得比吃冰棍儿更舒畅。这个时候我已经换了一个存钱罐，依然是自制的，用一个旧的铁饭盒改成的。没事的时候，我会把它拿在手里，沉甸甸的，满是喜悦，稍一晃动，盒里的硬币就会欢快地唱歌。有时我会把硬币都倒在炕上，仔细地清点，幻想着可以买些什么东西。

有一年过年，家里一时找不到铜钱，于是母亲向我借了一些硬币，有几个包进了年夜饺子里，饺子出锅后，还要放一些硬币在锅里压锅。这是我们过年的风俗。吃年夜饭时，饺子上桌，我们姐弟几个都盼着能吃到带硬币的饺子，吃到了，就代表着新的一年有福。所以，即使已经吃饱，我们还会强迫自己多吃几个，吃不到就满心失望，看着吃到的人羡慕嫉妒不已。后来也就想开了，因为不管谁吃到，都是自家人，谁有福都是全家有福。

后来我家搬进城里，那时我刚刚上初中，仿佛只是刹那间，所有眷恋着的生活就都走远了，等着我的，都是不被预料的心境和心情。我依然带着那一铁饭盒硬币，偶尔会倒出来看看，却总是满心的怅惘，似乎匆匆之间，很多东西一去不返。有时也会如从前一般，把一枚硬币垫在纸下，却再也涂抹不出曾经的快乐，就像心再也无法回到曾经的清澈。

一年一年，曾经的硬币终于渐渐消失在生活之中，特别是那些古老的一分二分五分的，似乎很难再见。我那一铁饭盒硬币，也在一次搬家时失落了，至此，所有的回忆都无枝可依。想起儿时邻家的女孩，忽然就懂得了她当年丢失那枚硬币时的心情。

那一片田地种满了童年

故乡的一片片田地，已在我的心底葱茏了四十年，在无数次的旧梦里，那些庄稼依然在拔节生长。还有我的脚步声，我的笑声，阳光与风依旧，仿佛我还是那个满身尘土的孩子，无忧无虑地奔跑、自由自在地幸福、莫名其妙地忧伤。

踩格子

春天播种的时候，小孩子们也有一个活儿，就是去田地里踩格子。种子埋进去后，我们在垄台上细细地用力地踩，这就叫踩格子。我们常常踩得兴高采烈，比着谁踩得平踩得快。每踩完一条垄，我们都会一屁股坐在地头，目光贴着黑土地延伸出去，看见远处的树和村庄曲曲弯弯细微地晃动着，就知道那是阳光下蒸腾的地气。地气通了，一个美好的季节就来了。

我问大人们，为什么要踩格子。他们说，那是为了把松散的泥土踩实，使风刮不走，里面的种子也不会移动位置。后来村里的一个老人说，踩格子更是为了给种子压力，这样，长出来的秧苗才会更壮实。多年以后，回想老人的话，才知道这个道理不仅仅适用于种子。

我家那片田地终于踩好了格子，身后的田垄变成了一条条细细的小路，通向一个印满笑容的秋天。想象着无数的庄稼从我们的脚印上生长出来，便觉得一切都充满了美好的希望。

东歪西歪

经常会在田地的泥土里翻出一种蛹，褐色，和我们的小指般粗细长短，尾部尖尖，上半身硬，下半身软。每次见到它，我们都会欢呼，争抢着把它拿在手中，尾尖朝上，嘴里"东南西北"地喊着，而蛹似乎能听懂我们的口令，尾尖不停地向各个方向摆动着。所以，在当时的乡下，这种蛹就叫"东歪西歪"。

这是个很好玩儿的小东西，更神奇的是，只要一喊"晌午了"，它的尾尖就会停止摆动，直指蓝天。听人说，这种蛹最后会变成一种蛾子，不过我不知道哪一种蛾子是它蜕变而成的。等我们玩儿够了，就会把它重新放回土地里。

后来在世事中奔波，有时会很茫然，多想有人能像童年的"东歪西歪"一样，给我指点一个方向。但我更知道，也许别人的指引并不一定是自己想要的方向。还是需要自己努力地蜕变，长出一双翅膀来，才可以天大地大。

老天爷的小舅子

盛夏的时候，田地里的玉米已经长得比人都高了，狭长的叶子会不停地牵挽人衣。玉米棒子带着一种厚重正在走向成熟，空气中微微流淌着灌浆期的清香。有时候，会在某片玉米叶子上，遇见一只极小极绿的青蛙，它的颜色隐入叶片的颜色，不仔细看根本发现不了。它只比指甲盖略大一点，身上是那种光滑的绿。我们都叫它"老天爷的小舅子"，听人说这种小青蛙一出现，就预示着要下雨了。

我们一般是不去捉它的，我总觉得它有些吓人。而且大人也不让我们拿它来玩儿，可能是怕老天爷发怒不下雨。那时的农民靠天吃饭，所以老天爷的亲戚也是不敢得罪的。

在多年后的某个夜里，那个小精灵竟然跳进了我的梦中。醒来后，心里一场雨落下来，往事破土而出，让我在那个阳光明媚的清晨，洗去了生命的积尘。

乌米

去田地里寻找乌米，是我们最喜欢做的事之一。很多庄稼上都会长乌米，其实它就是庄稼变异了的一种果实。高粱乌米最好吃，不过那时候村里种高粱的并不多，于是有限的那几处高粱地，被我们这些孩子一遍遍地梳理着。

高粱乌米并不好找，它和高粱穗都被一层绿皮包裹着，可以生吃。我们看高粱哪里鼓起一个包，便把高粱秆弯下来用手去捏，如果硬硬的就是乌米了。于是迫不及待拆开绿皮，把那些或白或灰的乌米塞进嘴里。从田地里钻出来，满身满头的庄稼碎屑，一身的汗，相视而笑，每人都一口小黑牙。

如今早已忘了高粱乌米的味道，不过有人说谷子的乌米更好吃，只是我没有尝过。当时村里玉米种得最多，玉米乌米也很大，我们却很少吃。再过一些日子，乌米就彻底成熟了，咧着嘴露出黑黑的笑，一碰就黑粉飞扬，这时候也没有人去吃它们了。

如今我的头发早已白了许多，如果能回到那片田地，不知道那些放飞着黑粉的乌米能不能染黑我的发？我知道现在的庄稼再也不会长出乌米了，就像我再也回不到童年，只有回忆的浪潮把一颗心淹没，一次次去接近那些不可碰触的遥远。

等雨来

那个夏天，似乎大地上的一切都在盼着下雨。小小的我并不十分知道，一场雨对于村庄田地意味着什么。我只记得，那场雨来的时候，很多人喜极而泣，看着亲人们脸上淌着泪，我也跟着哭，在纷飞的雨中。一些更小的孩子拍着手齐声喊着童谣："大雨哗哗下，北京来电话。让我去当兵，我还没长大。"

有一年，很热的夏天，我就一直盼着下一场雨。不只是我，我知道，房后的那个枯瘦的小池塘也在盼着一场雨，池塘里几只寂寞的青蛙也在盼着一场雨。那一场大雨来得很突然，它并不存在于天气预报里，不过十分钟，不知哪里来的乌云忽然就霸占了天空。雨足足下了半个小时，当阳光再次登场，已然是换了人间。

池塘立刻丰腴起来，水畔一丛丛青草精神百倍，青蛙的鸣声也嘹亮起来。只是还没等它们欢唱多久，家里的七只鸭子就蹒跚着跑来了。原来鸭子们也在盼着下雨，我隔窗看着它们在雨中扇动翅膀跑来跑去，就像是在河里嬉戏一般。它们的到来，让青蛙没了声息，也没了踪影。它们堂而皇之地占领了池塘，来回扑腾着，把头深深扎进水里撅着屁股找食，相对着大笑。只是它们也没有得意多久，家里的两头大猪就哼哼唧唧地来了。它俩慢腾腾地下了水，舒舒服服地把自己埋在水与泥之间，不一会儿就鼾声如雷。鸭子们只好上了岸，排着队向村西的小河走去。

雨停了，我打开窗子，坐在窗后，看檐下那一排在阳光下亮晶晶的水帘。水珠一颗追赶着一颗，我抬头看它们的来处，房檐上苫房草的茬儿细密而齐整地排列着，水珠正一颗颗地从草茎中挤出来。本来我拿着一个大葫芦，想接一些无根之水，却是待得忘了形。向外面看去，每一家的屋檐下，都是风穿起的水珠，好喜欢这样的千家帘幕，带着沁人心脾的清凉。

童年的那一场雨，一直盈积在我的心底，如曾经眷恋着的小小池塘，容纳着许多回忆和笑纹。那场雨后檐下的珠帘，也一直为我阻挡着世事的风尘，却挡不住风与月，挡不住阳光与美好。

成长的路途上，曾遇见过那么多场雨，却似乎都不再有惊喜。有一次，学校组织去郊外植树，归来的途中，我和一个女同学走在一起，热烈地讨论着一本书的情节。于是想着，这条路走不到尽头该多好。转念又想，这时候突然下一场雨多好。也许，很多朦胧的情感和心底萌动的情愫，在一场突如其来的大雨中，就会破土而出。只是，那场雨并没有适时而来，缺失了那一场雨，一个美好的故事就夭折了。

想起有一年，也是夏天，在姑姑家里，一场很大的雨来了，几分钟后，待空气中的尘埃被雨消灭得差不多后，姑父带着我和表弟脱得只剩下内裤冲进院子，就那么任雨浇着，享受着天然的淋浴，满心欢畅。忽然觉得，这场淋湿我并带给我快乐和回忆的雨，才是真正的雨。

当在尘世中辗转半生之后，那么多的风起雨落，却再难有一滴落进心底。有时会感慨，要怎样的一场雨才能洗去这半世的尘埃啊！记起遥远的岁月深处，所有人期盼的那场雨到来时，他们脸上淌着的泪，便有一种清晰的感动。我多希望自己的眼睛也下一场来自心灵的雨，复苏那个枯萎的池塘，让生命再次葱茏。

一片雪花里的故乡

只要有雪的地方，我都能从每一片雪花里看到故乡。

每一年，故乡都会被雪拥抱四五个月之久，故乡在雪的怀里，我在故乡的怀里，温暖地度过一个又一个冬天。那个东北大平原上的小小村庄，是长在松花江畔的一棵树，也是长在我心里的一抹暖。那时候极喜欢冬天，那时的冬天比现在冷，可是在那冰天雪地里，却有着无穷无尽的乐趣。

我们常常在野外，循着雪地上不知名的细碎足痕，去追寻未知的动物。无边无际的大草甸上，无边无际的雪原中，我们杂乱的脚印伸向四方，虽然从未找到过一只动物，却是乐此不疲。有时会在大雪飘飞的时候，遇见那些在河面上江面上打鱼的人，看他们用沉重的冰镩子凿开厚厚的冰层，看那冰下的流水清冷而静默，看那些捕捞上来的鱼儿被冻结了的姿态，便觉得冬天是那样神奇。

更多的时候，我们带上铁锹、扫帚和自制的滑冰鞋或者爬犁，去村西的小湖面上，扫开积雪，尽情地滑冰；或者在厚厚的雪地上，摔跤打闹。现在想来，离开后的无数个日月，都没有那时无忧而欢乐。

我们常常是呼啸而过，在呼啸的北风中，带起周围雪花旋舞。那时的天气真的很冷，我们戴着古老的狗皮棉帽，厚厚的自制手套，穿着大棉鞋，仿佛浑然不觉严冬腊月的寒冷。是的，那时候，我们的心里是那样火热，多年以后方才明白，成长之后的世事风霜，才是生命中最寒冷的际遇。

在外面疯玩儿许久之后，我们才散去，走进村庄，就像一片片雪花扑进大地的怀抱。一进房门，热气扑面而来，屋中间的火炉正旺旺地燃着，炉中的火焰欢快地舔着铁炉盖。关上门，冬天被挡在外面，雪花纷纷拥挤在窗玻璃上。在炉边烤一会儿火，顺便在滚烫的炉盖上烙些土豆片，熟了后拿着坐在热热的炕头上，一边吃一边看外面的雪下得冒了烟。窗玻璃上还没有结上霜花，透过纷飞的大雪，看见远处的房屋全都笼罩在一片白茫茫中。

这个时候，除了小孩子，除了那些依然在寒冷中干活的人们，大多数人都躲在家里，坐在炕头上看纸牌，或者衔着长长的烟袋凑在一块儿聊天，在我们那里，称为"猫冬"。小孩子肯定是"猫"不住的，不如说躲，我们更愿意躲进一片雪花的深处，寻找无边的童趣。我们已经不屑于堆雪人，那是更小的孩子的爱好，我们会拿上小铲子来到野外。在那些风口处，厚厚的雪被吹成了硬硬的雪壳，我们在雪壳上开始挖洞，挖到深处向里再挖。然后躲在里面，雪洞避风，且不那么冷。那是躲进寒冷中的温暖，很奇妙的一种感受。

后来，我和姐姐说起雪洞，姐姐忽然来了灵感，画了一幅画。那幅画在作业本背面的画，那么多年过去，我竟然还记得。画面是一片大大的雪花，雪花下面是一个小小的雪的山坡，坡上有个洞，里面几个小孩。画的名字是"雪花里的家乡"。雪花里的家乡，雪花里的家，当年的雪花早已消融，就像那些岁月散去无痕，可是在我心上，在我生命里，那雪花，那岁月，那情感，都在，一直在。

当我离开家乡，当身前身后都是岁月的苍凉，才发现，当年的雪花是那样温暖，蕴含着故乡的深情，让我在长长的路上每一回首，便神飞无限。

纸糊的时光

在一些保存完好的古城或者古宅里闲行，那些各种样式的古老的窗总是牵绊着我的目光。除了常见的正方形和长方形外，还有圆月形、八边形、扇面形等，每一种形状都带着不同的风情，在岁月里静默着。那窗棂的复杂结构，无数形状各异的小格子组合成极为精美的图案，把光阴滤得极细且长。

窗户纸已经陈旧，不知保存了多久，或者是后人重新糊上的。轻触之下，带着一种韧性，似乎并不能一捅就破。阳光纷纷扑落在窗上，室内的地上就印上一个浅浅的图形，宛若时光的身影。如果月夜坐此窗下读书，蛩声满耳，风月满怀，该是无边的静美与惬意。躺在床上，看月光把窗户纸撞得越发清明，听细细的风在窗户纸上留下一声声叹息，还有什么可比此良宵呢？

二十世纪五六十年代之前的东北有三大怪，其中之一就是"窗户纸糊在外"，听母亲说，那时多是木制小格窗子，条件好的人家可能窗子中间有一小块儿是玻璃，窗户纸是一种很粗糙的麻纸。我并没有经历过糊窗户纸的年代，可是我小时候，一进门，总是会被纸包围着。

那时候家家户户几乎都在墙上糊报纸，我家的四壁和棚上，也糊满了报纸，多是《人民日报》《农村报》《黑龙江日报》这一类。我经常沿墙看那些报纸的内容，小故事，小笑话，精短的小说，有韵味的散文，各种漫画和谜语，名人名言，甚至连时政新闻我也看得津津有味。有时候正看到有趣处，下面的内容却被别的报纸压住了，便急得抓耳挠腮却又无可奈何。

夏天的午后，家人都躺在炕上歇晌儿，我便盯着棚上的报纸看，那时的视力竟然那么好，再加上棚并不高，可以清晰地认清很小的字。看着看着，就会发现一只蜘蛛悠然地迈着八条长腿走过，或者一只多腿的墙串子伶俐地掠过那些字句，还有小憩的苍蝇和胆大的蚊子，停在那儿一动不动，似乎在钻研某个字，又似乎在努力使自己变成某个字。那样的夏天，我的目光会一次次爬过满墙满棚的报纸，和那些爬虫飞虫一起流连着带着墨香的美好。

过了一段时间，邻炕的墙上那些报纸被烟熏得变了颜色，而另外的墙上，或者因为雨后潮湿，或者因为阳光日日走过留下了深深的足迹，或者因为墙面泥土的浸染，报纸上就会显现出各种暗黄暗黑的不规则图案。还有的报纸破损，露出黑色的墙面。报纸的内容我早已熟知，躲在炕上，更多的时候是盯着那些图案发呆，有的像狰狞的鬼脸，有的像酣卧的猪，有的像飞翔的鸟，还有一块特别像家里的黑猫，而且越看越像，然后，有一天它从墙上一跃跳下来，跳进了我的梦里。

我家屋里的东墙上，常年挂着日历，我们那时叫洋黄历。母亲每年年底买回来时，它又小又厚，以一个鲜红的日子作为开篇。最开始的时候，我和姐姐们都喜欢撕日历，每天谁起得早，第一件事就是去把昨天的那一页撕掉。在回忆中把每个早晨的情节连接起来，就是我和姐姐们轮番撕着日历，一年的日子就化作片片薄薄的时光，如蝶纷飞。

有时候我起得晚了，没有撕到日历，也并不生气，而是站那儿仔细看着今天的那一页，日历下面往往是名人名言或者小笑话一类，把喜欢的记在我的一个小小的日记本上。父亲母亲有时候也会仔细地翻着日历，看哪一天是哪个节气，计算着农田里的活计。有时候早晨起来，看到一个红色的日子，便欣喜无比，因为那一天可以不用上学，日历上的红色把一整天都染得幸福无比。

冬天的时候，墙上的报纸就更惨不忍睹了，地中间的火炉和跑烟的炉筒子把它们熏烤得黄而脆。而此时墙上日历已经变成薄薄的一层，却累积着一年的重量。火炉熄灭了的夜里，墙角处便悄悄地凝了霜，白天霜又被火炉融化成细细的小溪，轻轻流淌过长长短短的字字句句，留下无数条蜿蜒的痕迹。这个过程每天都在重复着，直到过年的时候，墙上才会变得喜庆而热闹。

好多张大大小小的年画贴上了墙，每一张都是红红火火的祝福。我喜欢那种有故事情节的年画，比如《金陵十二钗》《大闹天宫》《白娘子》《梁祝》，它们抢了报纸的风头。再加上对联福字和挂钱，还有财神和各种剪纸，报纸已经默默地把自己低调成一个背景，像一个舞台，承载着年的欢乐。

当农历年过去很久之后，当春风吹开了门户，当新归的燕子在檐下忙着筑巢补巢，满墙的报纸已经千疮百孔，于是阳光漫洒的日子，父亲会再去抱回一摞新的报纸，而母亲已打好了一大盆糨糊，我们动手撕下墙上的那些旧报纸，它们被团成一堆，就这样落幕了。可是我并没有什么遗憾伤感，因为新的一层喜悦正在等着我渴盼的目光。

一年一年，轮回着我的这种渴盼，可是不知到了哪一年，四壁上再无报纸的身影，被文字包围的日子一去不返，我的渴盼也如水逝云飞。如今属于我的纸时光已过去了三十多年，曾经满墙的报纸，那些字字句句，依然在岁月深处生动着，生动成一片朴素而眷恋的海，让我于满目繁华的迷茫中，看到一条回归的路。

泥做的童年

我沿着东房山的背阴处，躲过太阳的热情，经过那只在阴凉里吐舌头的花狗，路过墙根儿那两头拱坑的白猪，便来到房后北园的墙角。几个伙伴已经等在那里，于是阳光在别处洒落，软软的泥巴在几双手里变着形，延续着古老的游戏。

倚着的土墙，就像大地站了起来，上面也长了些不知名的小小草株，墙面泥土里掺杂的草末，散发着浅浅淡淡的味道。我们的笑声掠过身边的飞虫爬虫，攀上蜻蜓透明的翅，攀上蝴蝶多彩的翅，悠悠飞过墙上的短栅，飞向遥远。我们就坐在泥土上，感受着大地的温度，快乐地玩着泥巴。比谁把泥巴摔得响，摔得爆出的孔儿大，泥沫飞溅中，仿佛幸福的炸弹在不停地将快乐传播。

摔够了泥泡儿，便用泥巴来做我们的玩具。小小的汽车只有苍蝇当乘客，而小小的房子，也只能蚂蚁进出。我们在八月的热风里，同大地上的精灵一起游戏。寂长的午后，屋里的人酣眠歇晌儿，我们就和风一起，和阳光一起，和各种虫鸟一起，守着简单的快乐。当院子里出现的第一声脚步打破寂静，我们也尽了兴，开始站起身，随意扑打一下身上的尘土，道别，和伙伴们，和泥做的玩具，和那些陪伴我们的虫儿。

家家户户开始出现声响，先是人们睡足起来，扛着锄头去田地里干活。那些小憩的禽畜，也开始了新一轮的喧闹。渐渐地，院子里重又恢复了安静。喧闹飞到了田地间，人们干着活，偶尔和相邻的人大声说笑。不远处的小河清清地流淌，里面融化着欢声笑语。我们这时也会转移到田边地头，坐在田垄上，拽下几根狗尾巴草，编成毛茸茸的小动物。

当屁股下的泥土越来越热，我们会跑到河边，脱光衣服，冲进那一脉清凉。很是眷恋脚掌踩在河底软泥上的感觉，一种轻轻的痒，一种淡淡的暖，还有一种微微的滑，都极入心。即使许多年以后，也会记得。就像记得那条浸满了我们快乐的小小河流，不管身在多遥远处，回想起来，都会有着无边无际的流连。

当太阳走到西边的树梢上，疲惫的我们开始沿着那条土路往村里走。干硬的土路上，牛羊的蹄痕宛然如昨，仿佛还深蕴着那些踏着夕阳的足音。走进柴门，两只相斗的鸡正嘴尖相对一动不动，花狗摇动着尾巴迎来，南园的土墙短栅上，蝴蝶依然凝固在上面。进了屋，躺在土炕上，看着墙上棚上糊着的报纸，有些报纸已经破碎，露出斑斑块块的泥色。朦胧间，便觉得那些露出的部分，或像人的头像，或像狰狞的鬼脸，黑猫从身上灵巧地跃过，跳进了我的梦里。

一场大雨不期而至。先是在村南的低而阔的遥远处，在无边的大草甸上，雨的脚步飞快地跑过来，一路经过了那些茂草，经过那些干硬的土路，经过没来得及避开的人或牲畜，迅速地闯进了村子。于是伏在窗台上，隔着玻璃，隔着草檐的水帘，看世界的朦胧，也看世界的清晰，当然也只是我眼中的世界。我看到，歪脖二叔赶着羊群在小林中避雨，也看到前院大表哥急急地跑出来盖酱缸，看到南边远处的大草甸子上，一些熟悉的身影。

大雨倏来倏去，却把人间洗得一片清凉清新。当房檐上的草茎切口处还在不断地渗出明亮的水珠，院子里已经被小家伙们弄得泥泞不堪。两只白猪拱出的土坑里，满是泥水，它们并排躺卧其中，惬意地哼着。鸭子们伏低了身躯，扇动翅膀，仿佛在水中嬉戏一般，从这头跑到那头。而几只小鸡崽儿，正好奇地用尖嘴去啄小水泡中那弯闪亮的虹。

我们冲出院子，脚步镇压着泥泞。正赶上歪脖二叔赶着羊群归来，绵羊们的蹄声惊得泥水四溅，躲过这一群已黑白不分的队伍，路面便已被糟蹋得不成样子。我们来到低处形成的小溪或小池塘边，岸上的泥土湿润柔软，在我们的手上变成小桥，变成堤坝。它们等着太阳把它们变得坚硬，它们坚硬后，身后的水洼就消失了，它们茫然站在阳光下，不知守护着什么。

我们把快乐揉进了泥里，然后哪一天泥已干了，不小心踩到，碎了，笑声便溜了出来，往事也溜了出来。我们就在一场雨的停落之间，在积水的盈涸之间，在泥巴的干软之间，把童年融进湿漉漉的岁月。

阳光倾泻而下，在父亲的额头冲出了一道道汗迹。父亲正与一大堆泥较量，手中的二齿子在泥里不停地搅动，把泥和水还有碎草或者麦壳尽量搅在一起。和泥是极累的一个活儿，就像把不同的季节硬生生地捏在一起。泥和好之后，要填到长方形的坯模子里，一块一块，凝固成淡黄色的厚重，等着垒起一堵挺拔的墙。

除了制成土坯，更多的时候，是用大泥来抹墙。房子的外墙，每年都要重新抹一遍，仿佛把阳光和庄稼的气息都抹了进去。朝阳夕阳，把房子东西两座大山映得生动无比。未干的墙面挽留住了每一天的阳光，所以当墙面干了以后，里面就藏满了温暖。当然，墙面也把我们偷偷印上去的掌痕保留了下来，细腻到可以看清手心的每一条纹络。

有时候，阳光倾泻而下，我们这些小孩子也在挥汗如雨。我们也在细细地和着泥，却是另有用处。选很细的土，最好是黄土，最好是放少许沙子，然后用水和，把泥揉得均匀细腻。然后把和好的泥搓成无数个玻璃球大小的泥丸，放在太阳底下晒。这是我们男孩子重要的东西——随身携带的子弹。每个人都有一把自制的弹弓，每个人的口袋里都装着干硬的泥弹。

后来便和聪明的孩子去村西的砖厂，偷那些刚刚制成的砖坯。砖坯就是一种硬度黏度很高的泥，然后我们便把它搓成无数颗泥弹，比我们自己做的，要坚硬许多。那些年，我们把无数的泥弹射向天空，也不知落于何方。而当年那些飞散的泥弹，就如今天回忆中的往事，我在岁月深处一点点地搜寻，每找到一颗，都是无限的欣喜。仿佛时光中所有的眷恋，都凝固成小小的弹丸，在时光的彼岸，如星闪烁。

那时候，觉得每个人都像是神话传说中所讲的，是泥做的。我们这些小孩子自不必说，每天在大地上翻滚，如泥猴般。那些在大地上劳作的人们，也是尘埃满面，常被汗水冲出一条条的泥痕。坚硬的手掌上，那些如沟垄般的纹络里，也积满了泥土。干完活回到家，一盆清水洗成了泥水，可是身上脸上依然是泥色。

在经历了一生中每一天与大地的亲密接触后，那份泥土的颜色便已深入肌肤，融进了血脉。于是一代代地化作印记遗传下来，我们便都有了泥土的肤色。也许我们的身上，也有着永远洗不掉的泥土的气息。当离开之后，就是故乡的气息，泛着亲切与眷恋。

歪脖二叔死在一个雨天，赶着羊群回来的时候，摔倒在泥水里，便再也没有起来。那些羊也停在那儿，不走，亦不散。隔了一天后，雨停，出殡，我们看着歪脖二叔躺在那个令人恐惧的盒子里，被抬向了野外。他的后人们，跪在依然泥泞的大地上，哭声穿过每个人的心。

在那片不知长眠着村里多少代人的坟地里，一个大坑已经挖好，泥土堆在边上，黑黑的，亮亮的。那个上午，我们远远地看着歪脖二叔睡进了泥土里，在这片土地上，又少了一个人。那些羊，默默地站在远处的草地上，似乎在寻找着什么，它们在寻找什么呢？

几年后，外公也睡进了泥土里，再然后，爷爷也回归了泥土的怀抱。当那些跪在泥土上的人中，有了我，当看着自己的亲人长眠在这片土地上，心中便有了很深很深的牵挂。就像生长在这片土地上的根，再也拔不出来。多年以后，当我离那些泥土越来越远，心中的想念却越来越深。才忽然明白，亲人长眠的土地上，才是真正的故乡。

那天看一个孩子跌倒在公园的土路上，年轻的妈妈用力拍打着孩子身上的尘土，擦着孩子沾满泥土的脸。我便知道，他们的童年，离泥土越来越远了。而我们，童年已遥远，那片土地也已遥远，泥土构建的童年却不会被岁月的浪潮冲毁，在飞舞的阳光里，我们总能闻到故乡的味道。泥土的芬芳，是我们的标记。是我们的印记，在不管走出多久多远后，依然能让心回到最开始的地方。

第三辑

春和景明，繁花盛开

鸟儿从一棵树飞向另一棵树，风儿从一片云扑向另一片云，阳光从一朵花跑向另一朵花。心里的河淌入身畔的河，眼中的暖流入时光的暖，梦仍在，多好的人间。

昔日含红复含紫

有一年的晚春，我和朋友去山上挖松明子。松树倒下枯死后，在泥土中沉埋，松树的油脂与一部分木质交融，经过漫长的岁月后，其他的地方已经腐朽，可是松油与松木相融的部分却留存了下来，形成特殊的物质，就叫松明子。好的松明子，色泽鲜艳，松香弥漫，是加工各种工艺品的绝好原材料，因此被称为"北沉香"。

我们艰难地行走在小兴安岭的山林中，此时依然是万木萧瑟，随处可见沉睡的雪，虽然时节上春已将近，可眼前，春天似乎还很遥远。虽然松明子埋于地下，但是地面上总会有显露的部分。朋友们仔细寻找着，挖掘着。我的目光在林中飘移，周围除了游荡的风和沉默的雪，便是万木共守的阒然。时见一些倒木横陈，多是极高大者，便想象着它们曾经怎样地顶天立地笑傲夏雷冬雪，又是什么使它们轰然倒地。

每一次上山，遇见那些倒地干枯的树木，我都会神飞良久。它们曾向天空伸出无数臂膀，牵一缕流岚，握几丝长风，缠数声鸟鸣，而倒下的那一刻，又是怎样惊天动地地告别了这一切。可眼下，与大地山脉紧紧相依的它们，看似毫无生机，却又生机无限，因为它们已经是山的一部分，是大地的一部分。只是，心底依然有着一丝怅惘，"昔日含红复含紫，常时留雾亦留烟"，这是卢照邻在长安之北渭桥之边，面对一株枯木时所发出的感慨。除了被迫，没有人愿意告别"春景春风花似雪"的盛况，落尽繁华，做一株被人遗忘的枯木吧。

其实每个人都曾有过"千尺长条百尺枝"的生命盛时，虽然或于失败中默然，或于岁月中沉寂，虽然在生活的大河中如一滴波澜不兴的水，可每一种过往都已与生活水乳交融，表面落寞，内心却依然澎湃着旺盛的生命力。

面对春树春花，我反而没有面对山林间倒卧的一株枯木时思绪缤纷。有时候在朋友家，看到灶口里燃烧的木头，那些都是朋友上山去拉回的枯树倒木。在这熊熊的燃烧之中，我看到了树木生命的另一种蓬勃。能留下一片光，能留下一分暖，这也是最美的告别吧？

我也曾在山林之中，看到腐朽的枯木之上，竟然再度生出细条嫩叶。我不知道是怎样的一种力量，或者怎样的一种召唤，让枯寂的它再度露出笑颜。我知道，这世上也许没有什么枯木逢春，也许只是它体内的生机并没有完全灭绝，才在某个如旧的时刻，萌动而出。就像许许多多的人，看似麻木枯槁，可心底依然有着一粒希望的种子，会在某一天，忽然绽出一朵温暖。虽然是那么微不足道，却能葱茏整个生命。

身处山林已是归隐，而山间枯木，就是小隐中的大隐。曾含红含紫，也曾伴雨携雪、邀风揽月，然后辞于天、归于地。生命本就洒脱，羁绊皆来自内心的欲望，当我们求而不得之后，能转身遇见清风明月也是一件幸事，如果不知回头碌碌而终老，那就是真的枯了。

那次上山挖来的松明子，我也得了一块，我并没有对它进行加工，只是摆在家里，那是树一生的蕴敛，在尘世中自成芳华。每日里与之相对，它在无言地诉说，我在沉默地聆听。

四月香雪

虽然冬季供暖还没有停，但四月的脚步是属于大地山林的，迎着活泼泼的北风，会感知那份寒冷里已少了一分肃杀。万物似乎知道长梦将醒，都于沉眠中流露出一丝丝呓语的尾音。

我常常拽着那一缕尾音，拖着笨重的棉衣棉裤，跌跌撞撞地爬上山坡。一些积雪依然缠绕着脚步，在更高更厚的地方，雪半融成水再冻成冰，仿佛是两个季节正在纠缠不清。在这时光错乱之处，就会遇见冰凌花。

冰凌花从冰雪中钻出来，小朵小朵的金黄色花盏盛满了阳光，它们的出现宣示着春天已经到来，尽管身畔依然是无边的风与雪。于是，流淌的风和沉默的雪都被染香了；那带着芬芳的风吹开了我浅浅的笑，那带着芬芳的雪洗暖了我清清的目光。

我的春天也是从那些冰凌花开始的，虽然立春已经过去了两个月。当雪变香了，春天就来了。我喜欢这样的时节，就像月亮出来了，夜就来了，就像思念萌芽了，爱就来了。虽然春天来得晚些，可是我喜欢这样的开始，因为有雪，香的雪。

我们的四月，依然是会下雪的。四月的小兴安岭如果没有雪，就会少了许多独特的韵味。四月的每一场雪虽然时间很短，却很猛烈，雪花大而密集，攒攒簇簇地扑落下来。如果是四月末，除了山上的冰凌花，大地上还会有先开的花，比如达子香。

我总是在雪后，去门前的公园里，或者去不远处的河畔，寻找已开的花。除了达子香，有时会发现一两株其他的花木迫不及待地甩下同伴，不知何时已悄无声息地绽放了。每一条枝上，每一朵花上，都积满了雪。一点点的鲜艳，从团团的洁白里渗透出来，有的则半遮半掩，别有风情。在我们这东北之北，梅也畏寒，因此我此生还未见过梅开雪舞、梅上堆雪的情景，可是有了眼前的这几株花木，便也没有什么遗憾了。

花上的雪覆盖了娇颜，却挡不住暗香浮动。似乎可以看见，那些香气正一丝一缕地从雪花的缝隙间溜出来，紧紧围绕着雪，拥抱着雪。所以花上的雪是香的，那是真正的香，掬一捧于手中，香气依然缭绕着不散。我喜欢四月末的雪后，雪与花的相约。虽然我知道，也许不过一天的时间，雪便会融尽，可是美好的事物本就难遇难求，有过这样的一个午后便就足够了。

有一次，我看见一个人在小心翼翼地收集花上的香雪，便猜想着她会用这些雪做什么。沏茶？入药？或者养花？不管怎样，都是很美好的，就像她那轻柔的动作，源于一颗心的温暖与柔软。我一时也起了心动了念，可是苦于没有盛雪的容器，也不知拿回去做什么。想想还是算了，把芬芳的雪留在心底，也是最深情的珍惜吧。

后来我忍不住问她，收集这些花上的雪做什么。她的笑意轻轻流淌，说，拿回去放在冰箱里，养着这些雪。

多好啊，养一些春日花间的雪。我也愿意在心里，养着这些美好的春天啊！

五月春暖

日历上的五月，节气已经跨过了立夏与小满，然而在小兴安岭的褶皱里，春天的足痕才刚刚生动起来。历时七个月的漫长供暖期正式结束，因此室外越暖，室内越阴冷，于是室外的春与室内的秋，就碰撞出一个寂寞而充实的我来。

寂寞缘于日复一日地与自己相处，总是忘了季节的变换，虽然心在满壁的书籍里充实着，可有时看到透窗而入的阳光，也会惊讶，从哪一天开始，阳光竟然这样温暖了呢？阳台上的几盆花草正葱茏着，楼上不知是谁在拉着手风琴，一曲《春暖花开》，把我的心撩拨得痒痒的，似乎有什么美好的东西正要破土而出。于是扔了书，走出门，手风琴的旋律追着我走出很远很远。

门前的水上公园里，很多老年人坐在背风向阳的地方，或树下，或长椅上，白发和笑容里栖满了阳光，他们的目光掠过初青的草地，越过新绿的树木，直到缠绕上南山上横着的浮岚，于是眼中满是翻涌着的欢喜。走到岸边，那一湖清清的水就淌进了我的眼睛，我记得几天前，湖冰还未全解，而此刻，水中只有天光云影。短短几日真是换了人间啊，不远处的几株达子香开得一树灿烂，榆叶梅也一朵一朵地盛满了风和阳光，连翘低垂着头浅笑，初开的丁香正从羞涩走向张扬。

记得前年夏天，就是在这里，我笑问一群孩子，无船无桥不会游泳怎么过河？他们想了很多办法都不对，最后有一个孩子说，等到冬天河面结冰就可以走过去了。其实这个问题我也是没有答案的，但是那一刻忽然很感动，明白有些看似绝路的境遇，其实只需等待，时间自然会把它变成坦途。就像我回望刚刚走过来的那个冬天，经历七个月的风雪寒冷，终于等来了这个午后的春暖花开。

几天后趁着天气晴好，驱车回乡扫墓，小兴安岭的山林正鲜嫩得如一滴清晨的露。越是往南，山色就越成熟，车子似乎快过时间的脚步，正迅疾地追赶着迟来的季节。一个多小时后，车子驶出了山口，前面铺展开无边无际的大平原。目光和心情便一下子毫无阻拦地飞了出去，水稻已经插秧，田地边一排排的绿杨在风里招摇，天边那一大团的云低得像是要垂落到地上，地平线处升腾着曲曲折折的地气。几只喜鹊低低地飞翔，翅间流淌着阳光。

五月的大平原，一直是我梦里故乡的背景。哪怕沧桑过后物是人非，依然能唤醒岁月深处的恋与暖。祖坟附近的田地才刚刚开始翻土打垄，黑油油的泥土正等着拥抱一粒粒种子的梦想。不远处的村庄有几缕炊烟袅袅升起，偶然的鸡犬之声像是从梦里传来。那一刻，在大地上，在长风里，在阳光下，我温暖得像一个孩子。

忽然感觉生命也一片开阔，冬天和各种阻拦都已远在身后，眼前只有这五月，这平原，这温暖，还有无边无际的希望正和季节一起走向繁盛。

六月絮飞

我们那儿的六月即使在白天也会敞着窗子，不是为了凉快，而是为了温暖。这时节屋里依然有些阴冷，让暖暖的南风在室内游走几圈，封闭的空间才算真正地融入季节中。

这个时候躺在床上，阳光落满一身，风也轻轻柔柔，便会有些昏昏然。远处街上传来车马声，或者偶尔的叫卖声，很清晰，又似乎很遥远，清晰得似近在耳畔，遥远得像隔了一个梦。就在一只脚刚迈进梦的门槛时，忽觉有什么轻触脸颊，悄然驱散了睡意。张开眼用手轻触，是一片盈盈的柳絮，望向窗外，漫天晴雪正和阳光一起飞舞。

于是走出房门，把脚步放逐于山水之间，时光总是于不知不觉中暗换，满堤故柳开了青眼仿佛还是昨天的事，似乎只是一夜之间，就已经飞絮如雪。草丛中，树根下，墙角边，柳絮团团簇簇地拥挤着，那一抹白便柔软了目光。走上另一段河堤，一旁都是高大的绿杨，它们也垂挂着串串的絮，正等着风来一一远送。

古人所说的杨花一般是指柳絮，古诗词中的杨柳其实只是指柳树，柳树在古代叫杨柳，那么杨树呢？古诗词中虽然也有绿杨白杨，却多是在墓地的场景中出现，所以杨树经常是作为一种凄凉愁苦的意象。杨花和柳絮非常相似，就像此刻，我在满天飘荡的轻絮里，分不清哪一朵是杨花，哪一朵是柳花。就像很多时候，我分不清两种相似心情的来处。

一路从古诗词中走来，感慨人们真是寄予了柳太多的情怀。本来想"留"，却一直留人不住，折柳相送，那么多人都如柳絮一般飘飞了，又漂泊不定。想留，留下的却只是思念与守望，一年年的放飞，才是常态。而对于柳树本身而言，不择南北，无论东西，陌上桥头，山间水畔，有人之境无人之处，都有它们依依的身影。它们就在那里，当目光和心情缠绕过去，才会生发出千愁万绪。

如果非要给飞絮赋予一种情感的话，我更喜欢《红楼梦》中薛宝钗咏柳絮的《临江仙》，"万缕千丝终不改，任他随聚随分。韶华休笑本无根。好风凭借力，送我上青云。"飘零之伤、辗转之恨全无，只有自由之心、自在之意，不遇时洒脱悠然，有了机遇就趁势而起，不怨东风，不叹身世，一切都自然而然。

走着想着，每一步都与柳絮擦肩，脚步与心也都跟着轻盈起来。六月是一段唯美的光阴，生机无限，正在走向成熟的途中，许多故事也都在蓬勃生长。于是记起一个遥远的情节，那时还在乡下一所中学上学，一个六月的中午，我带着一本借来的书，来到校园后面的河畔静静地看着。柳絮在身畔纷纷扬扬，有一些便栖在了书页间，那一本书里，便夹满了美好的季节书签。就像生命中的每一个六月，都静美着开启一种新的希望。

沿着河畔越走越远，走到最后，天地间只剩下我与飞絮，阳光与河流。

从一朵花跑向另一朵花

我坐在西边的矮墙上，迎面跑来的霞光把我的脸都撞红了，还有院子里的那些花儿。慢慢升起的朝阳，驱赶着南墙的阴影，花儿们依次走进阳光里。一时不知是墙影在动，还是阳光在动，可我更觉得是阳光的脚步在花间徜徉，从一朵花跑向另一朵花。

再次想起童年的这个场景，是在听一个女人讲述她的生活经历之后。她并不是别人眼中的成功人士，也没有什么惊心动魄的故事，更没有什么让人慨叹的坎坷经历。如果非要概括一下，她就是一个平凡的人，如我，如你，如他，都是生活大河中一滴普通而清澈的水。

虽然走着最平凡的路，她却从没有停下脚步，也并没有被生活的重压打倒，她热爱着自己的热爱，一直拥有着一颗好奇心，正是因为有所期待，世界才充满了惊喜。她满足，她快乐，即使书法练了很久也没有起色，即使绘画依然没有入门，即使文章总是写得平平淡淡，也从不半途而废。她说她并不是想练出什么名堂，只是觉得在那个过程中，很享受，心里很安静，这就是全部的理由。

所以我会想起童年的那个早晨，走过一朵又一朵花的阳光。我曾经也有过那么多美好而朴素的愿望，我的脚步也曾如阳光一般轻盈，踏过许多阴影和黑暗。只是不知从什么时候开始，觉得沉重，觉得疲倦，这些感觉一出现，愿望便不再是愿望，而是成了欲望，欲望总是乘虚而入，然后如影随形。如果能像背着水果去卖的人，有的是甜蜜的重量；如果能像担着花草去卖的人，有的是芬芳的负荷；甜蜜芬芳背后，是简单美好的希望，这样，也许就会一直明媚地走下去。

每个有希望的日子，每个有梦想的季节，甚至有期待的每一年，都是如花朵一般存在着，等待着，等待着我们的脚步一朵一朵地去追寻。就像阳光下，那些孩子在野外奔跑，跟着蝴蝶的翅膀，路过一朵又一朵的花儿。多么简单而轻松，从一个无悔走向另一个无悔。希望总是追逐着希望，美好总是延续着美好。

那个女人的故事，以及童年的刹那心动，如一场细细的雨洗去了我心上的尘埃。那些名利之心羁绊得太久了，久到让我想不起启程时的感动。所以我经常把脚步放逐于山水之间，把心情挥洒于林泉之畔，草木有本心，总是用一种永恒，唤醒我心底沉眠的最初的梦。自然本来美好，生命本来纯真，如花朵得到蝴蝶的吻触，流水得到清澈的目光，山林得到悠然的鸟鸣。

辽阔的大地上，我独自放牧着心情。鸟儿从一棵树飞向另一棵树，风儿从一片云扑向另一片云，阳光从一朵花跑向另一朵花。心里的河淌入身畔的河，眼中的暖流入时光的暖，梦仍在，多好的人间。

深林人不知

每次读《红楼梦》，看到对潇湘馆的描写，"一带粉垣数楹修舍，最是那千百竿翠竹掩映"，这个场景总是让我悠然神往，心生无尽的憧憬。就像贾政所说："若能月夜至此窗下读书，也不枉虚生一世。"

那时从没有见过竹子，常常看着扫帚上的那些细细竹条，想象着它们曾怎样翠绿着在风里摇曳。在各种画面上，或者电视里，看到的竹林虽美，却总是没有身临其境之感。想象着如若身处其中，邀清风明月，就如摩诘居士所写："独坐幽篁里，弹琴复长啸。深林人不知，明月来相照。"那又该是怎样的一种情境？

搬进城里后，偶然在亲戚家，看到一个大花盆里生长着一小丛类似竹子的植物，我的目光久久穿行于其中，虽然知道那并不一定是真的竹子，可是依然在我眼中无限放大成一片竹林，所有的心情都生长于其中。后来去沈阳上学，听人说沈阳有竹子，却一直没有寻到。听人说，一般的竹子往往不能越过山海关，便觉得，许多美好的事物把我们抛弃了。

就这样，竹子依然生长在我的梦里。少年时拥有一支竹笛，每天的黄昏都带着它，去野外的高岗上轻轻地吹，奔跑的夕阳将那些不成调的曲子也染成了红色。轻抚滑润的笛子，就像轻抚深林里那一缕淡淡的风，我从自己的笛声里，听到了幽篁明月，也看到了无数美好的心情。总是痴痴地想，那根竹子曾经生长在何处？迎着怎样的日月风雨？在不知多少时间和空间之外，是谁将它砍伐？又是谁将它制成长笛？在我之前曾落入谁的手中？他是否如我一般在夕阳里幽幽地吹响？

几年前去重庆，在某个微雨的上午，与几个朋友一起漫步，在一个很开阔的类似公园的所在，在我最没有准备的时刻，几竿竹子忽然闯进了我的眼中，带着不经意的风姿，一下子击中了心底多年的等候。我慢慢地走过去，一步一种情怀。雨已经停了，我触摸着那一抹真实的清凉，那份感受从指尖走进了心底。那挽着风的竹叶，略显倔强的竹节，真真切切地在我眼前展现着生命的魅力。

我抬起头，更欣喜地发现，前面不远处，就是一小片竹子，也许还不能称为林，可那片青翠定会成为我生命中频频的回首，让竹子不再是心底无依无凭的想象。我跑过去，置身其中，虽然我并不识得都是什么种类，可是它们自有一种直入心灵的典雅。

"绿似去时袍，回头风袖飘"，仿佛看到那些古人的身影在其中徜徉，只有竹露清响伴着怡然的心跳。

竹，伟大的草本植物，在赞誉声中从古走到今，走成世人眼中的高洁。我多想拥有那样的一所房子，绿竹环绕，水声潺潺，晨观新枝高旧枝，夜看月移影动，盛夏时，感受"时有微凉不是风"的惬意。日日有此君相伴，则尘俗顿洗，便是人间至美。可我知道，这个梦此生也许终只是一个梦，可并没有什么遗憾，只要心底植有千竿翠竹，就会摇曳成生命中最美的相依。

仿佛了了一桩心事，有时奔赴千里万里，就只为那一次相遇，所以不管十年百年，不管是否再相逢，都了无遗憾。

出了山海关，我竟真的做了一个关于竹里馆的梦，在阒无人声的夜里，我行走在竹林深处，虽然没有琴声缭绕，却感受到了生命中的极静与极美。那些流淌的心事和心情，只有长长的清风知道，只有高高的朗月知道。身畔那些微微摇动的竹子，在清风朗月中，正与我依依低语，那是最动人的呢喃。

春和景明，繁花盛开

走在五月的小兴安岭深处，每一步都能遇见迟到的春天。那些前阵子还看似毫无生机的枯木，忽然就变成一树繁花，安静而热烈地闯入眼帘，告诉我关于春天的消息。于是脚步流淌成芬芳的跫音，在少有人至的阒然之境，遇见许多悠然开放的花儿，也遇见卸落风尘的自己。

榆叶梅

榆叶梅开得甚是张扬，所有的花朵都大小相同，均匀地挤满了枝丫。慵懒的阳光和偶尔路过的风，让它们越发热烈。那一分张扬并不是做作，并不是故意狂妄给世人看；而更像一个独自喝醉了的隐士，在无人之处狂歌且舞，自然流露出率真的情怀与魅力。

我总是想着，如果是在风清月明之夜，这些花儿该是另一种风情，隐去了一些日间的明艳，增添了一抹幽然而婉约的情致。就像在某些无眠的夜晚，我们悄悄地想起很多事情，脸上不自觉地漾起微笑。那也是一种别样的美，而无关寂寞。

达子香

相比于兴安杜鹃这个名字，我更喜欢达子香这个称呼，前者像是规规矩矩的姓名，而后者却似亲切的小名。初来小兴安岭的时候，某个春末的午后，忽然在河边遇见，就拉开了相约的帷幕。那是一丛低矮的灌木，粉红中透着淡紫的花朵，疏密相间，错落有致，仿佛羞羞怯怯却又容光逼人。

几年前，也是在春与夏的缝隙里，去了一个比较偏远的小村，听说那里的达子香开得最多最好。虽然心里已经有了憧憬，可是，当无边无际的花海扑面而来，心依然像被冲击得如迷失在色彩里的小船。独自开着的时候，达子香已不平凡，可是当不平凡的它们聚集在一起，就成为一股浪潮，席卷着大地上的目光。

丁香

丁香的每一朵花都极细小，并不特别，色彩也不鲜明，可是当那些细碎的花朵攒簇着紧拥在一起，就生出了不一样的风致。

白的如雪上流过东风，紫的如最后一抹晚霞上折叠的忧郁。丁香是我们这里最常见的花儿，可是每次遇见，都有一种直入心灵的莫名触动；有时也会带着一丝期盼，于密集的花朵中寻找那一朵五瓣丁香的幸福与幸运。

丁香花是极好寻找的，花开时，浓郁的香气仿佛使空气都黏稠起来，缓缓地淌向远处。如此，循着香气就能走到花间。最苦的树开最香的花，这才是丁香最大的特点。而雨中的丁香却常常带出一抹愁绪来，也许那抹愁绪来自缠绵的细雨，花儿只是一个载体而已。其实，愁绪只来自人的内心，是人赋予了花儿太多的东西。丁香只在那里静静开着，芬芳着，或在风中，或在雨里，哪管世人悲喜。

在我的家乡，丁香花是再寻常不过的花儿。看到那些细细的花朵，我总会想起黑土地上那些平凡的人们。

琼花

偶然在河畔散步，发现有几棵树隐藏在林中，开着奇怪的花儿。手掌大小的圆形花盘，边缘上却排列着八九朵白色的五瓣小花，花盘上是星星点点淡黄色的蕊。从没有见过这种形状的花，便拍了照发到网上，有人说这就是琼花。心下很是震动，几十年来，一直只闻其名，不见其形。这种传说中隋炀帝专门下扬州去观赏的花，我一直以为远在水阻山隔之外，哪知却如时空错乱了一般，在此与之猝然相逢。

再去的时候，我仔细看那几棵树，想象着它们是自然生长的，还是从遥远处移植而来，在这个有着七个月冬天的地方，如何静静地成长，悄悄地开放。也有人说这种花就是聚八仙，它仿佛自带着一种仙气，幽隐于山林之间，伴晨风夕月，悠然自开自落。

偶然遇见的琼花，就像生命中许多不期而遇的惊喜。

如果没看到那些花儿，我不会认识那些树。人也是如此，只有拥有花开般的韵致，或者拥有累累的果实，才会让世人真正地识得。

花间小语

一

从前总是收到一些信，有时会在信笺中发现几朵花瓣，虽然已不再丰盈鲜艳，可是那份清香却不曾消减。于是那些字句都芬芳起来，就像那人写信时的心情，就像我读信时的心情。

翻读旧书的时候也是如此，只是书页间那些花瓣已干枯得不可碰触，仿佛薄如蝉翼的最美年华。十年，二十年，抑或三十年，风尘漫漶，时空变迁，那些花瓣就躲在一本书的心里，走过了沧桑的岁月，却也只是在书页上留下一抹浅浅的痕。

多像曾经的一些人一些事，原以为一辈子会记得，可终究抵不过时光的浪潮，只在心底留下一点印迹，那么淡，那么淡，淡得一阵风就能吹散。

二

读纳兰性德的词句："非关癖爱轻模样，冷处偏佳。别有根芽，不是人间富贵花。"顿觉半生随雪，却此刻才领略出"冷处偏佳"的意境。

雪花并不是寒冷中的点缀，它本就生于寒冷，却舞出一种灵动。飞着的雪是花，堆积着的雪是沉默，不一样的美好，且越寒冷越美好。在人生的寒冷际遇里，能不能也把心绪飞舞成漫天的美丽，点亮一双眼睛，洁白一种情怀？

而且，就像雪花一样，越是在寒冷的境遇里，便越能长久地保持一颗洁白的心。

三

从没有见过真正的梅花，此生未识南枝，的确是一件憾事。在东北之北极寒之地，梅似乎也望而却步了，少了那种疏影暗香，雪也是寂寞的。儿时看着课本上"凌寒独自开"的插图，不知多少次悠然神飞，只是走过了半生，依然还没有让脚步接近那个占尽风情的小园。

却反而越来越往北，在这小兴安岭深处，在冬的尽头邂逅了另一种神奇的花。当小小的冰凌花在冰雪间绽放，心中的震撼久难平静。是什么，让那么柔弱的花儿穿透冰与雪，把一份美与芬芳刻印进冬的边缘？

我多想自己的心也能变成冰凌花啊！

四

那个城市边缘的小小院落，虽然小得蝴蝶扇一次翅膀就能飞越，虽然小如时光深处的一粒微尘，却是我心底最静美的一个角落。母亲在院子里栽了很多花，花开时节，如火如荼。那时候是家里最困难的时期，也是我青春岁月里最落寞的时光。每天坐在院子里，身畔是那些摇曳的花儿，我就那样无声地坐着，一直坐到夕阳西下，坐到星月满天。

许多年过去，早已忘了当初那些坎坷黯淡的来处，可是在那个小小的院落里，那些平凡的花儿，却一直在心底摇曳，摇曳成一种眷恋，一种回望时微笑的释然与无悔。

五

曾在平遥古城一个古老的宅院里，遇见一墙灿烂的花儿。它们在静谧中流淌，在沉默中欢呼，一路牵扯着风和阳光。我不知道它们已在这里生长了多少年，无论风起雨落，无论人世变迁，都默默守护着家园。我多想也一直一直生活在故园里，即使贫困，即使平凡，也不离不弃。

童年的故园，每到夏天，也开着一墙的牵牛花，如今在记忆里朵朵都开成了呼唤的形状。历半世风尘，我并不是一朵自由行走的花。我不愿意在辗转中从故乡到异乡，我只想守在故园里，从少年到白头。

六

在行走的旅程中，经常会遇见一些花儿，可是向来对花草并不甚了解的我，总是叫不出它们的名字。即使知道了，下次再看到，依然如初相逢。可这又有什么关系呢？能于凝神间放飞思绪，能用清香或绚烂洇染心情，便不负相遇。

所以，相逢何必曾相识啊，天涯何处无花，又何处无人，一相逢，便胜却人间无数。

南枝南枝

一

楼角处有一棵李子树，并不高大，可斜逸旁出的枝丫却蓬蓬勃勃，活泼泼地占领了一方空间。五月初的一个黄昏，我从外面散步回来，路过李子树的时候，发现它已然悄悄地绽开了几朵小小的白花，远看像几只蝶，栖在南边的一根看似很干枯的枝上，于是那几朵灵动就生动了一树的萧条，也点亮了渐暗的黄昏。

我在枝下驻足良久，直到夜色淹没了目光，心里却呼啦啦地敞亮了起来，直到这一刻，才感觉到春天的到来，在身畔，也在心底。七个月的冬天，五个月的雪期，沉寂枯瘦了那么久，没想到，这棵树用一根枝用几朵花就轻轻开启了它的繁盛之旅。其实年年都是如此，只是我一直忽略了，待看到它时，它已经枝繁叶茂了。

那个夜里，虽然还有些寒凉，我却真真实实地感受到了一种温暖，还有希望在心里萌动着。如果我的生命也是一棵树的话，在长夜中，在寒冬里，该用哪一部分哪一种心情去迎接春的曙光？也曾走过深深的绝望，也曾在长路上徘徊着找不到方向，可是心底却总有一个地方没有起茧，永远在等待着一种美好的召唤。

心底柔软的那部分，便是生命永远等待温暖的南枝。

二

自小就憧憬"墙角数枝梅"的诗意，总是想象着"前村深雪里，昨夜一枝开"的情景，走过半生，依然没有"万树寒无色，南枝独有花"的惊艳，依然没有体会过"梅花一夜遍南枝"的惊喜。是的，此生至此，我依然未识南枝。

雪中的梅已在我的心底开了四十年，我一直准备着，希望在某一天，和它不期而遇。我不会去想什么精神，什么象征，什么寓意，什么情怀，什么鼓舞，我只想与它静静相对，只是静静相对，在漫天飞雪里，一如久别重逢。

大雪落在发上，落在花上，分不清是花是雪，也分不清是白发是雪花。

三

随着脚步越来越远，每次读到"胡马依北风，越鸟巢南枝"这样的诗句，心就会沉重得像压上了整个故乡和所有未曾离开的岁月。也许每个人在辗转之中，都会把故乡装进梦里。大地上的风，吹干了多少思乡的泪，又吹熄了多少回望的目光，只依稀着渐渐麻木的凌乱晚照和淡泊烟雨。

在水阻山隔之外，有时我真的很怕登高，无论是山巅还是楼顶。因为在高处，目光摆脱了桎梏，心也无尽地放飞，却总是心心念念着自己的来处。无法归去的故乡，无法归去的岁月，化作永不消散的苍凉，填满日子的空隙。可我依然总是在无眠的午夜，站在阳台上，对着被黑暗阻隔的方向，故乡在南边沉眠着，我一次次想要进入它的梦里。

只有在朝向故乡的南枝上，才能绽放最深情的梦。

四

就像星星找不到夜空，就像种子找不到土壤，就像梦找不到睡眠，我们有时候也是这样的不遇，空有动人的舞姿，却找不到舞台。

愿我们都能找到适合自己的南枝，在阳光下，在东风里，绽放只属于我们自己的美丽。

枕上诗书闲处好

　　我出生于诗书之家，三四岁的时候我就开始受到爷爷的影响和熏陶了。爷爷不但读的诗词多，而且会写，有时候捧一本很古老的诗书，戴着老花镜细细地看。后来我发现，父亲也会写诗填词，叔叔也会。

　　我认字比较早，当时家里最常见的一本书，是一本红色塑料皮的小册子，是毛主席诗词选。那算是我的诗词启蒙书了，也是当时极为流行、家家户户都有的一本书。当时对那本书痴迷得不得了，不认识的字，就问姐姐们，问父亲，等到上学的时候，书里的所有诗词我都已经背得滚瓜烂熟。在进一步去弄懂那些诗词的过程中，就顺带着懂了许多那个时代的历史。

　　后来，我在仓房里又发现了一些其他的诗词书，如《唐诗三百首》《宋词选辑》《绘图千家诗》《纳兰词》等，感觉自己进入到一个广阔而神奇的世界，如醉如痴。于是日日流连于长长短短的思绪里，徜徉在一阕阕的深情中，感叹世界上居然有这么奇妙的文学体裁，永远美好如初相遇。

诗词读得多了，就开始自己写，那时候根本不懂格律、韵脚等，都是凭感觉凑字数。上了中学以后，正式接触到诗词格律等一些创作知识，再回头去看小学时写的一些诗，发现有许多格律上竟然也没有问题，而且有一些句子居然还能对仗。可见诗词读多了，在语感平仄音韵上会自然形成一种习惯。我学填词用的第一本书是《白香词谱》，至今我仍保存着这本书，它见证着我最初的热爱。

我的青春经历了从乡下到城里，从故乡到异乡，其间交织着思念、自卑和沉默，于是诗词就成了我的后花园，且读且写，写满了好几个日记本。为赋新词也好，无病呻吟也好，多年后重看，依然会唤醒曾经的心情。可惜的是，老家搬家的时候，许多的日记和书信都丢失了，从此再也不能于稚嫩的字迹中，重温我的青春心绪。

诗词是我生命中不可或缺的存在，告别校园后，虽然辗转他乡，可是诗书与梦想依然是我永不会丢弃的行李。在很多的岁月里，习惯性地在枕畔放一本诗词书，睡前看上几页，于是梦里就有了豪迈、深情或婉约。各种诗话词话，讲解版本，还有各种古代辑本，总是看不尽看不够。只觉得被诗词浸润的生命，有着更蓬勃的力量和更温暖的希望。

一个人的生活中可以没有诗情，但内心必须有诗意。诗意并不只是来源于书中纸上，而是源自一双能发现美好的眼睛和一颗善感的心。如果能遇见一首入心的诗词，那么，生命就少了一分苍凉与沧桑。如今，我的枕畔依然会放着一本诗书，如一粒种子，总会在我的梦里生长出不期然的美好。

凝望一棵树

一开始的时候，我并没有注意到那棵树，直到有一天，我倚在窗前看云，从这个角度看过去，云就像挂在它的枝上。云走了，于是眼睛里只剩下了树。

那是一棵李子树，树并不高大，却枝丫纵横，很是繁茂。以前也曾短暂地为它停留过目光，那是在夏初，李子树开花的时候。从它旁边路过，那一树花朵撞在晚风上的声音，羁绊住了我的脚步。很密集的白花，有的成团成簇，细细的长蕊顶着点点金黄，在斜阳里微微颤抖成一幅静美的画面。后来，花儿渐稀直到消失，而那一树青青的叶子，就再也牵挽不住路人的目光了。

从我的窗口到那棵树，是一段刚刚好的距离。没有很近的逼仄感，也没有很远的朦胧感，它以一个恰到好处的身姿走进我的眼睛。我也曾很近很近地看过它，当局部放大到整个视野，一些不愿意见到的，便成了主角，比如果实上的那些虫子。这是一棵被人们抛弃的树，所以即使果实成熟的时候，也不能吸引人们的注意力。也许人们知道那是虫子的世界，所以都避而远之，或者视而不见。

忽然想起，爷爷喜欢在近处看一棵树。那棵高大古老的杨树，站在我家的田畔，爷爷在田地里干活累了，就走进它的荫凉里。爷爷面对着树坐下，坐得很近。头顶茂密的枝叶抓住路过的风，爷爷就用草帽接住从枝叶间落下来的丝丝缕缕的风，再挥扬到满脸的汗水上。然后他卷一支很粗的旱烟，点燃，在烟雾缭绕中，目光看向那树。

我也曾蹲在爷爷身边，顺着他的目光去看老杨树。树皮已经干裂，并不平整，条条沟壑，像爷爷脸上的皱纹，也像大地上的田垄。偶尔一只蚂蚁悠悠地爬上来，翻山越岭般转了一圈，又回到地面。除此，我再没看出什么。而爷爷似乎看得很入神，就像看到了树干里的那些年轮，看到年轮里轮回着的不知几多的悠悠岁月。

而我看那棵李子树，却是闲时无心也无意。我看不出爷爷的境界来，只觉得那一簇绿色，是可以放牧目光的草原。有时捡拾到从密的枝叶间坠落的啼鸣，才知道里面藏着一只鸟。或者风从它身体里挤过来，或者云从它头顶爬过去，才会有着片刻的灵动和生动。除此之外，只有无边无际的寂静和寂寞。窗外的树，窗内的我，都是如此。

田边的那棵老杨树，终于被人砍倒了。爷爷便再也不去那里坐着歇息纳凉，而是与别的老人坐在一起，抽烟，说一些村庄里的古老的话题。我倒是跑到老杨树那里去看了几次，只余很粗的树根，一圈圈的年轮，每次数的数目都不一样。树虽然很老，却依然比爷爷年轻，因为树还可以活很多很多年。只是，它已经死了。少了老杨树和爷爷的田畔，仿佛天地都空旷了许多。那个时候，我并没有注意爷爷的眼中有没有失落，只知道，爷爷再也没有那样深情地看向别的树了。

可我的心里空落落的，当小区的空地重新规划后，当那棵李子树被砍倒之后。本来觉得可有可无的一棵树，在我倚窗而望的时候，目光却失去了依托。也许只有我还记得它，这棵本已被人们抛弃的树。再过些时日，如果我对别人说起这里曾有过一棵树，他们一定会很惊讶吧。

忽然明白，当我的目光在它的枝叶间穿插的时候，其实，心也是停留在那里的。依窗而望，那个方向，那个距离，变得空空阔阔，路过的风有时也会盘旋一下，似乎也在寻找什么。就像我的目光，我的心情，也会在那里停留，流连，想念。

原来，曾经的李子树，于我并不是可有可无的存在。在寂寞的时候，在无言的相对间，我和一棵树曾如此近距离地陪伴彼此，它还会记得我吗？

闲观山色倦听鸟

　　这个城市很小，像一只鸟落在山岭之间的某处空地上。站在任意一个十字路口，向四方看去，尽头都有山影。

　　出小区的大门，穿过一条小街，就是水上公园。临一条河，那是老河道，真正的河流已改道他方，只是里面依然有水，却不再流动。站在岸上向南望，几个山影重叠着，目光撞上去，偶尔会惊起一朵云，或一只鸟。闲暇的时候，我经常到这里来，或默立，或信步，其实更多的时候是忙里偷闲。就像在连绵不断的光阴里，剪下一段，让它静止着，仔细观看每一个凝固的瞬间。

　　在某一个季节里，山色似乎是一成不变的。就像夏日里的青翠，或者冬天里的雪白。其实静心看久了，会发现，山色无时不在细微地变化着。或是阳光的移动，或是长风的路过，或晨或昏，或晴或雨，山的色彩便浓淡明暗地变换着。有时候，也会有着很强烈的变化。比如雨后初晴，阳光乍泄，那绿意中便升腾起茫茫雾气，与云岚相接，很是悦人眼目。或者冬日的清晨，冷雾迷蒙，半遮半掩，却是成片成片，不再聚集成云。就像山上的雪密集地飞扬起来，清凛无比。

其实，山色也是随着心情而变的。比如那一片绿，快乐时就明朗，忧郁时就沉暗，心动时风动，心静时云静，莫不一一相应。我没有禅宗的境界，看山是山，看水是水，那些之于我，都来不及去想，山色随人，亦随心，如此就好。

而最能代表一种心情的，却是秋天的山，五色斑斓，五花山，很形象的名字。只是也很短暂，像一场花事，光阴未过，便已凋零。就像许多璀璨的心事和心情，就像水面上旖旎着的浪花，美丽过后，便复平静。无痕无迹，像一场梦。只是，人生有梦才有暖，才有希望吧。

回想起来，山色在我的眼中，少了一个季节。春天，似乎永远在别处美丽着。我们这里，春天只是一个匆匆的过客，基本不会停留。山上的雪融尽之后，显出很暗很暗的绿，然后某一天，忽然就焕发出生机。

而走进山里，走进森林里，却完全是另一种感受。距离近到不能再近，远望的山色无限扩大成一个世界，置身于远望的风景里，人亦如草木之微。常和朋友们去山上采野菜或者采蘑菇，或者打松塔，我们爬山，是真正的爬山，没有路，高矮的树，丛生的草，行走间牵扯人的衣裳。走得累了，便倚树而坐，风从树上垂落，身旁许多不知名的虫儿或飞或爬，浑不惧人。然后，便有鸟鸣声远远近近地传来，掠过树的间隙，在身畔的光阴里荡起许多涟漪，濯洗着耳朵和灵魂。

有时候一只鸟飞过，栖落于另一棵树上，我就想着，这会不会是当初被我远望的目光惊飞的那一只？它飞过头顶，垂落下几声啼鸣，把全身心的疲倦都悄悄地驱散。倦时听鸟，真是难得的机缘。心儿也会随着飞鸟，于山中林间自在啼鸣，宠辱俱忘，万虑皆宁。我知道，这依然不是什么境界，只是彼时彼境中，心灵与自然的一种相通。也许回到山下的红尘熙攘里，我又会烦恼盈胸。只是，有过这样的片刻，也是生命的一处留白，一种缓冲，就足够了。

山在，鸟在，我在，或许希望也在，梦想也在，那么，即使烦恼还在，挫折还在，便也没什么了。山色鸟音，入眼经心，这，也是一种珍重吧。

在柳边

东风来得很晚，小小湖畔的那几株老柳，终于开始变得柔软而生动起来，仿佛那一湖荡漾浸润进树的身体里，正一日日地走向丰盈。

少年时读古诗词，总能看到梅柳并用，"不在梅边在柳边"，"漠漠轻寒梅柳细"，"梅柳渡江春"，都是很美好的意象。然而我从未见过梅，只是在书中画里去感受那一份神奇。此生未识南枝，实在是一种遗憾，幸好在这极北之地，还有柳能慰藉一二。而且，一半真实，一半想象，也让柳和梅在我的心底生出不一样的感受。无缘梅边，只在柳边，也胜过心情无枝可依。

遥想古老的时空之中，古人于水畔柳下，饮酒作别。柔条千尺，牵挽人衣，却依然留不住离去的脚步，任离愁漫随晓风残月。虽然这半世风尘里，经历了太多的离别，却从未曾有过如许情境。可是细思起来，还是有很多次，虽然无人折柳相送，足音却依然伴随杨柳依依。不管走到哪里，总会有柳的身影，也许，人间有离别处，就有柳。

从不曾想过，会在这群岭深处，淹留了近二十年。初来时，小湖边的那些柳就在，而且已然很久了。只是，现在看来，依然是过去的样子，并没有变得更老一些。而我，却已从一个风华正茂的青年，走到了鬓染秋霜的中年。许多年轻的心事，半随流水，半入尘埃，一直不曾沧桑的，似乎只有那些青青柳条，还如旧时一般，轻拂着微风。

现在，面对细柳摇风，已很少想到离别。不是心底没有了诗意，而是在他乡久了，便有了淡淡的归属感，就像离开故乡久了，回去也仿佛是客。而在离愁之外，更是于柳暗花明之中发现了许多美好的事物。坐在岸边软软的草地上，坐在柳荫之下，面对一湖悠然，俯仰皆是天光云影，而长条点水，柳叶如眉，便生出无穷无尽的想象。

经常于初夏的时候，带着一本喜欢的书，坐在岸边，倚着最老的那株柳树，斑斑点点的光影从头顶垂落下来，路过的风调皮地翻着书页，我于许多的情节之中徜徉，偶尔抬头，漫天的柳絮和阳光一同飞舞。便觉得若梦若醒，亦真亦幻。只是我从没有在树下睡着过，没有让散乱的书页上落满落花，所以没能体会"梦里花落知多少"的意境。倒是常有鸟鸣落在我的身上，也有飘落的柳絮成为书里的书签。不知道多年以后，当我翻开这本已经变得古老的书，看到那朵柳絮，还会不会记得，曾经那个飞絮如梦的初夏。

也有着不期然的欣喜。在夏天快要结束的时候，湖里的小荷才淡淡地开放，那个夕阳涂抹的傍晚，我倚柳而立，看晚照中盛放的那份美好。当夕阳已沉入远远的山影，不经意间抬头，一朵昏黄的月正绽放在枝叶间。划过月亮脸庞的那些狭长的叶，轻轻摇曳成浅浅的剪影。我就那样站着，看了很久很久，直到满天星光亮起，依然不舍得离去。

当然也有遗憾。我们这里，从来就没有蝉，所以柳可能显得单调了一些。没有"长安古道马迟迟，高柳乱蝉嘶"的寥落，更无法体会"半柳斜阳半柳阴，一蝉飞去一蝉吟"的闲趣。这许许多多，只能从诗词里，从想象中，去一一补足。不过，遗憾也是好的，至少可以让我尽情去憧憬，念念不忘。所以秋天的时候，柳更是寂寥的，没有寒蝉凄切，只有柳叶寂寞飘落，柳树就这样沉默着走向沉寂。

所以，在柳边，我有着我的情趣和流连。

可是，最近却总是回想起一个遥远的场景，那是许多年前，故乡，故园，老柳，爷爷坐在黄昏的树下，长长的烟袋点燃了满天的云霞。柳条轻摇，他默默地坐在那儿，目光抚过将暮的大地。

虽然我于故乡久离成客，即使归去也是物是人非，只是，这样的一个场景，依然会点亮我心中所有的眷恋。

第四辑

泪光洗亮时光

每一个入心的细节，都会留下暖暖的印痕，仿佛阳光亲吻花朵，仿佛月色轻拥梦境，静美着生命中的种种遇见。

半亩云

沿着西北方向走出半个小时，当身上微微汗起，当大地开阔起来，便看到那个小小的村庄了。也许并不能称之为村庄，仅十几户人家，就像不远处那条河里溅出来的水滴，在黑土地上灵动着。

第一次走到这里，只觉宁静悠然，偶尔的几声鸡鸣犬吠仿佛融进了空气中，久久不散。最西头的一户，房后是一片园子，还有一个小小的池塘。正是盛夏，果蔬恣意生长，清香四溢。园子周围是简单的栅栏，上面爬满了藤蔓，点缀着许多盛开的喇叭花。两扇间隙很宽的木板门，一扇紧闭，一扇洞开。那些笑声就是从开着的那扇门中淌出来的，或者是翻越了那些篱笆，流进了我的耳朵里。

笑声来自池塘边的几个孩子，其中一个女孩坐在一把小椅子上，十二三岁的样子，另几个孩子略小，围着她。池塘中倒映着天光云影，水面记录着每一缕风的痕迹。我隔着栅栏看着，他们并没有因为有陌生人而停止说笑。他们似乎在讨论那几垄西红柿成熟后是红色还是绿色，还有白菜上的绿虫子最后是变成白蝴蝶还是黄蝴蝶，全是我闻所未闻的，我竟听得入了神。

这时飘过来一块儿乌云，很小的一块儿，挡住了太阳，似乎还带着雨。我便冲他们说："快进屋去，要来雨了！"坐着的女孩抬头看了看云，又低头看了看池塘，说："没事儿，这块云彩没有雨！"她满脸的自信，那些小一些的孩子，都是一脸钦佩地看着她。

我问："是因为这块儿云彩太小？"

她点头："对啊！你看这块儿，也就半亩的样子，不可能带着雨！"

站在那块儿乌云阴凉的影子里，看着周围的蓝天，有着一种奇异的对比。半亩？想着女孩的话，竟觉得有着一种朴素的诗意，让人遐想无限。可是云在天上，她怎么看出来是半亩大小呢？

她似乎看出我的疑惑，指着水面说："你看，这块儿云的倒影正好把鱼塘的水面铺满，鱼塘是半亩，那么，这块儿云彩也是半亩了！"

我又问："你怎么知道鱼塘是半亩大小呢？"

她说："我妈说后园是一亩，我觉得鱼塘正好占了一半。"她又看了一眼身边较大的男孩，眼中闪着狡黠："我还和我弟弟学了一亩到底是多大，一亩大约是666平方米，半亩就是333平方米，这个鱼塘大约也是正方形，我让我弟弟用脚步量过，一个边大约是二十步，小孩子的步子小，算下来估计也就半亩啦！"

女孩坐在小椅子上，眉飞色舞地冲我讲了一大通，从多方面证明了那朵云的大小。此刻，那半亩云已经走远，竟真的没有带来一滴雨。已近中午，那些孩子和我说了声再见，就抬起那把小椅子，回到了房里。我看了那半亩池塘半亩菜园一会儿，又看了看飘远了的半亩云，这才离开蜂飞蝶舞的栅栏，走上回去的土路。

又一个周末的午后，此时已是初秋，我又走到了那个安静的所在。池塘依然澄澈，菜园也依然繁茂，却只有女孩自己在水边。那些略小的孩子都不在，她自己坐着轮椅，她的半亩云也不在，她独自对着半亩的激滟，看着风的足迹飘过。

见我来了，她轻笑了一下，我笑问："今天你的不带雨的半亩云怎么没来啊？"

她眼珠转了转，指着一旁的菜地，说："半亩云在这儿哦！"

竟然总是不按常理出牌！她看着我的表情，笑着说："有一个词叫'耕云'，可是人们却是耕地，所以这地就是云呀，所以我说这半亩地就是半亩云！"

我笑，她也笑。隔着一带开满喇叭花的栅栏，隔着一方随风轻皱的池水，我们聊得火热。我终于知道了白菜里的虫子变成白蝴蝶，知道了树上的一种爬虫变成大灰蛾，知道了水里的一种爬虫变成蜻蜓，知道了有一种到成熟也不变色的西红柿叫"贼不偷"……有时候她边讲边笑，笑声掠过水面，穿越那些花花叶叶，惊起许多不知名的生灵。

在告别离开的时候，我问："你知道的这么多，都是从你这半亩云中学来的？"

她止住笑，告诉我："刚才是逗你的，耕耘的耘不是云彩的云，我是瞎说的！"

我停下脚步，说："在宋朝的时候，有个大和尚叫宏智正觉，他写了本书叫《宏智广录》，里面有一首诗，第一句叫'耕云种月自由人'，就是云彩的云，所以'耕云'这个词是有的，你没说错！"

她一脸惊喜："呀！还真有这个词，耕云种月，真好，等他们回来，我讲给他们听！"

后来又隔了一个冬天和一个春天，第三次去的时候，正是初夏的欣然，可是却没有看到那个小小的女孩，看样子，似乎是搬走了，换了许多不认识的人，只是池塘和菜地还在，还有栅栏上的喇叭花，还有那些偶尔路过的云。

以后有人问我，往哪里散步最好，我会告诉他们，沿着西北方向走出半个小时，当身上微微汗起，当大地开阔起来，会到达一个美丽的地方，叫半亩云。

跟一头牛慢慢回家

很多年过去，我依然记得大人们曾经讲过的一个情节：把一头牛和一头驴套在一架车上，就会把驴气死。因为牛走得慢，驴性子急，想走快一点儿却又没有牛力气大，所以会原地暴跳却又无可奈何。

牛就是那么慢吞吞的，即使在耕地的时候也是悠悠然，可是它的力气也同样悠长。暖暖的阳光里，六月的农田里升腾着曲曲弯弯的地气，耕牛散落在大地上，身后是新翻出来的亮着油光的黑土地，短促的吆喝声，偶尔一声长长的鸣叫，便交融成一幅永恒的画面。

不记得在哪里看到一幅画，长长的土路连接着远处的村庄，路旁站着高高的杨树，奔跑的夕阳和摇曳的树影铺满了路面，一个孩子跟着一头牛，慢慢地走着，向着村庄的方向，村庄里，缕缕炊烟正交织成声声呼唤。那呼唤声就响彻在我心底，差点唤出我的泪水来，我的泪，也想回家。

记事以来，家里没有养过牛马，只是，生长在乡村，牛马却是近在身畔的寻常牲畜。也曾在那样的土路上跟着牛走过，光影纵横，蹄痕遍布，蹄声敲响着将暮的大地。伙伴家那头老牛走得那么慢，我和伙伴跟在牛屁股后面，说着漫无边际的话。现在想来，跟着慢腾腾的老牛，仿佛时光都慢了下来。只是，那么慢的时光，在回首时却倏如闪电，只刹那间，一切都成了来路上的云烟。

自从村里有个孩子骑马摔死之后，我们便很少骑牛骑马。所以那种骑在牛背上，信口吹着一支短笛的情景，我从来没有见过，更没有体会过。牛车马车却是常坐的，特别是秋天的晚上，躺在车上那一堆金黄的苞米棒子上，顶着一轮月亮，嗅着秋夜的气息，听着老牛的蹄音，慢慢接近亮着灯火的村庄。就像多年后的今天，我的心也想慢慢接近遥远的温暖，却是一路无所不在的苍凉。

搬进城里后的一个正月，去镇里的姑姑家串门，吃过午饭，又要回十二里外的老家。天气寒冷，叔叔赶着一架牛车来接我们，我们一大家子，再加上姑姑一家，十多个人坐在牛车上，身上盖着厚厚的棉被，笑语和北风一起绽放。那头牛很有个性，起初还散步一样拉着车走，后来就停下了脚步，任怎么打骂吆喝，就是倔强着一动不动。

叔叔只好下车和它一起走，它才重新迈开脚步。我们摸着了这头牛的脾气，必须有个人陪着它走，它才愿意继续赶路。于是我们轮流陪伴它，才把十二里路走完。多年以后，那个场景总是在心底重现：呼啸的北风，茫茫的雪野，一头慢慢拉着车的倔强的牛，还有牛车上那些年轻的亲人。光阴的脚步如牛一般，似缓实疾，车上的我们还没来得及看风景，便远了，更远了。

搬进城里好几年之后，在街上偶遇童年的那个伙伴，回忆起当年的那些傍晚，我们跟着他家的老牛回家，都唏嘘不已。他说有一天那头牛像疯了一般，跑得飞快，最后撞上一堵高墙，犄角都撞断了。然后不吃不喝，没几天就死了。他说从没看过这头老牛会跑得那么快，也从没想过自己会为一头牛的死那么悲伤。那一刻，仿佛又回到遥远的黄昏，我们跟在一头老牛的后面，慢慢地走。我也没有想过，那头牛慢走了一生，为什么却以最快的速度冲向了生命的终点。

想想曾经的那些牛，已不知消失于何时何地。前几年回故乡的村庄，再也听不见熟悉的哞哞声，再也看不到大地上那些亲切又迟缓的身影。依然有斜阳涂抹的土路上，却不见了蹄痕，没有了蹄音，也走失了我的年华。我寻不见童年的那些牛，再也不能跟着它们回家了，回家的路已淹没于烟尘之中。

只有回忆那么慢，那么长，仿佛当年的那头牛，我一直跟着它，只是，看得见炊烟，看得见温暖，却永远不能抵达。

数尽花朵一生香

少年时家在县城边缘，一座小小的院落，是厢房，阳光的脚步每天只是很短暂地走进屋里。母亲在院子里开辟出一块空地，种满了花。屋后是两棵樱桃树，每到黄昏，那些初开的花儿和细密的枝丫，将斜阳割划得支离破碎，映在窗上的晚霞也浸染了馨香，一如那些朴素的岁月。

每年晚春到初夏，院子里的花儿刚刚结蕾欲绽时，邻家的女孩便站在板墙前，仔细地看那些在风中摇曳的花蕾，眼睛清澈得如五月的蓝天。当花儿初绽，十一岁的她便开始指点着数那些花朵，那时花朵较少，她数得轻松，脸上的微笑也如初开的花儿。当花儿次第开放，她便数得费劲了，于是慢慢地走进我家的院子，站在花丛中，继续数着。整个花期，每天她都会来数上一会儿，有时风停雨后，她也会来看一看被吹落了几朵。她有一个本子，每天数完，都会把数字记在上面。

她不上学，每天待在家里，似乎有我家的花儿相伴，她过得很高兴。春天时我告诉她，这花儿是越数越多的，到最后肯定数不过来。她却不在意，数到快秋天，她拿着那个小本子对我说："你看，现在是一天比一天少了！"花落的时节，她除了数枝上的花儿，还会数落到地上的，然后她就怎么也算不明白，便让我帮忙。如果落地的和枝上的加在一起，和昨天的数不同，她就会重数。我便给她讲，落了的花可能随风刮走了，也可能被泥土埋上了，她听得似懂非懂，却依然固执地每天数着。

有一天大雨，雨停后，女孩没有来，一直到了傍晚，我在院子里站着，忽见邻家夫妇抱着女孩回来了。女孩身上湿透了，腿也摔得蹭掉了一大块皮，手上还拿着几株连根拔起的花儿。听她妈妈说，眼看着要下雨了，她就跑出去了，雨停了也没回来。他们出去找了许久，才在街上找到。原来女孩去了附近的公园，回来时却找不到家，一直在街上转悠，下雨时吓得不知道躲避，问她去做什么她也不说。我想，这个傻丫头不会是去公园里数花了吧。

第二天，女孩一瘸一拐地来了，拿着她的小本本。她有些沮丧，说昨天没数，又说昨天拔来的花全死了。我告诉她，昨天我替她数过了，她很惊喜，一笔一画地将数字记下来。她又告诉我，这些天总下雨，花儿落得越来越多了，她想起妈妈以前带她去公园，看到那里有许多开着的花，就想着拔几棵回来栽上，这样花朵就又多了。说完，她继续数花朵，神情专注而认真。

我站在那里，心底涌起一阵感动。那个时候，我正经历着人生中的第一次黑暗，高考落榜，境遇黯淡，每天独对着那些纷纷开且落的花儿，心情也随之不停地起落。而这个小小的女孩，她的固执，她的清澈，却有着无声无息的力量。直到今天，才在我心底积累起不可抑制的感动，还有一种希望在酝酿。

第二年我上大学走后，邻家女孩也开始上学了，十二岁，读一年级。她出生后，智力发育缓慢，比别的孩子要晚发育三四年的样子。我上大学的那几年，每次回来，都会发现她的惊人变化。她读到三年级的时候，便已经自学完了整个小学的课程，跳级上了初中。再后来，我毕业了，离家越来越远。每次打电话回家，我都要问问邻家女孩的情况，听说她初中读了一年就上了高中。人们都说她是神童，可是谁又知道神童的背后经历了多少痛苦的挣扎。再后来，老家的平房动迁，便再没有了邻家女孩的消息。

许多年过去，总是会想起当年院子里的小小花园，想起那个数着花朵的女孩，想起那清澈如水的目光，心便会于世事沧桑中柔软起来。仿佛有一种能穿透岁月的温暖，总能焐热生命中的许多苍凉。

有一年回到老家的县城，特意去了曾经的平房所在，然而已是面目全非，我沿着记忆的脚步，茫然地看着眼前的高楼大厦，目光溯着时光的潮流而上，依然能看到多年前的小小院落。忽然发现，有一个女子同样在这里徘徊，她走到我面前，仔细看了看我的脸，惊喜地叫了声"哥哥"。是当年的小女孩，她也来这里看看曾经的一切，她说最想念的就是我家院子里的那些花儿，那个小本子她一直珍藏着，那是她最初的坚持，也是最初的快乐，也会是她一生的馨香。

可是，她却不知道，除了那些花儿，她小小的身影，曾给了我多少的希望，让我在尘世的天风海雨中，一直坚持，坚持。

一朵雪花落进眼睛里

北方的大雪有两种，一种雪花极大，漫天洒落；另一种雪花很小，却非常密集。如果加上狂躁的北风，就成了传说中的"大烟炮"。行走在这样的暴风雪中，基本上看不清几米外的东西，茫然不辨方向。而且呼吸困难，每一步都深陷积雪里，更有寒冷侵肤蚀骨。所以，风与雪齐至的时候，我们极少外出。

那天我出门，幸好北风缺席，大雪静静地飘着，是极小极密的那种雪花。身前身后的雪无声地飘落，闭上眼再张开的刹那，会捕捉到雪某个静止的瞬间，然后它们齐齐扑向地面，仿佛世界上只有它们是动的。我喜欢走在这样的飞雪里，心那么静，却又那么灵动。

我向前走着，雪花扑面而来，它们就像有着灵性一样，大多数会拐着弯掠过去。实在躲不过的，就落在脸上，一点极细微的凉来得快去得也快，就如蝴蝶一个匆匆的吻触。甚至有一朵更不安分的小小雪花，忽然就钻进了我的眼睛里。猝不及防之下，我下意识地闭眼，感觉被迷了一下，随着雪花的消融，一点清凉从眼中弥漫进心底。睁开眼的时候，世界似乎改变了一点点，纷飞的雪似乎都在往心里飘落，有一种凉爽中的温暖。

被雪迷了眼睛，是很微妙细腻的一种感受，起初是有些微的难受，转瞬就化作一种惬意。而如果是大朵的雪花落进眼睛里，是真会被迷眼的，因为大朵的雪花里会含着一粒微尘。虽然小雪花里也有尘埃，但是因为太过细小不会有什么影响。大雪花迷了眼，也只是很短暂的，它融化成水，混合着泪，很快会把那粒微尘送出眼睛。被雪洗过的眼睛，清清亮亮，于是许多的寻常也变成了感动。

走在漫天的飞雪里，我去求一个人办事。虽然平时关系还不错，可是开口求人很需要勇气。一直以来，我都认为人情冷暖是最不可测之事。在那人的门前，我徘徊了许久，最终还是回去了。归途中，雪依然没心没肺地飘，心里却似乎轻松了许多，求人不如求己，放下了求人的心思，就觉得自己的难事也不那么可怕了。

一所平房的门前，两个孩子正在雪地上玩闹嬉笑，而和这笑声相对的，却是院子里传来的一男一女的争吵声，夹杂着一些无伤大雅的骂人话。这些声音缠绕着我的脚步，使我越走越慢。快要走到那个门前时，两个孩子不知怎么地打了起来，在雪地上翻滚，且都大声地哭着。院子里的吵骂声停息了，一对夫妇跑出来，用武力镇压了"暴乱"。女人很厉害，不分对错，给每个孩子屁股一巴掌，也顺带着赏了男人一巴掌。男人笑了，抓起一团雪打在女人身上。女人也笑，猫下腰抓雪还击。两个孩子也破涕为笑，各自站队，于是一场混战开始了，一时间雪球乱飞。

走出很远，那片笑声还乘着雪花追赶着我。心下已然再无烦恼，这尘世间的种种总会给我感动，也总会让我释然。就算事大如天又能如何？总会过去，总会成为回望时的莞尔一笑。

又一朵雪花钻进了眼睛里，世界在朦胧中越发清晰。我知道，在这个人间，能让我感动落泪的，永远是平凡生活中的那一颗颗真实的尘心，如雪花里的那一粒微尘。

鸟犹如此

那年初夏，两只燕子一直在朋友家院子里盘旋，朋友在檐下给它们搭了一个小小的平台，于是，它们就开始衔泥衔草，一点点地构筑出自己的小小家园。每次看到双宿双飞的燕子，都会有一种感动，从小家人就告诉我，燕子和我们生活在同一个屋檐下，是一家人。

这两只燕子不怕人，有时我们坐在屋里闲聊，其中一只会大大方方地从敞着的门飞进来，在屋里边飞边冲着窗外呼唤。良久，另一只在门外窥伺的燕子才害羞地飞进来。它们一前一后飞了几圈，然后都落在门上的暖气管上，互望着不停地呢喃。我们都暖暖地笑着，静静地凝视和聆听着。

二十多年前，父亲在老家养了两只娇凤，这种鸟除了翅膀和头部是黄色和褐色的虎皮纹，其余部位都是翠绿色。这两只鸟很能啼鸣，每天不停地唱，起初我觉得很难听，渐渐地竟也能品出一丝悦耳来。父亲每天都会在屋里打开笼子一次，它们就到处乱飞，然后停在花盆上，挨得极近，耳鬓厮磨，情意绵绵。

天气晴好，父亲会把笼子挂在院子里，它们更是惬意，任阳光和风一遍遍地梳理着羽毛。有一次，它们不知怎么弄开了笼门，发现的时候，看到那只雌娇凤居然并没有逃走，它静静地卧在笼子一角。笼门敞开着，它却视而不见。忽然发现它身下有三只小小的蛋，原来为了孵蛋，它放弃了自由。而雄鸟已不知去向，空荡荡的天空再也看不到它的身影。

第二天早晨，邻家大哥在外面叫我们，他说看到飞走的那只雄娇凤了，之前还落在门前的树上。于是赶紧把笼子挂出去，敞开笼门。雌鸟静静地卧着，不急不躁。过了没一会儿，我隔窗看到雄鸟果然飞落在笼子上，兴奋而急切地鸣叫着，雌鸟也很欢欣。只是它依然不出来，雄鸟静静地在笼子上站了一会儿，就一飞冲天飞走了。

邻家大哥告诉我，它不会飞远，每天都在这附近，雌娇凤不出来，它就不会走。我想起邻家大哥的经历，结婚后没两年，他就沾染上了赌博，几乎输光了家底，连工作都丢掉了。他洗心革面，妻子却再也不想和他一起过日子了，于是离了婚。他离开曾经温暖的家，离开曾经恩爱的爱人，离开幼小的孩子，在外面多苦多累的活都努力去干。他的心一直在这个家里，几年后，妻子终于重新接纳了他，他们的日子幸福无比。

此时他看着天空，脸上流淌着淡淡的笑。

那个下午忽然刮起了大风，把鸟笼子吹落在地上，幸好雌鸟没有受伤，只是那三只蛋都碎了。那个晚上，雌鸟有些呆呆愣愣，也没有吃什么东西，半夜的时候还叫了好几声。夜里一场大雨，我很是担心外面的那只雄鸟，会不会找不到地方避雨。

第二天是个大晴天，父亲早早地把笼子挂了出去，笼门大开。雌鸟并没有飞出去，似乎一直在等待，过了一会儿，雄鸟才安然无恙地出现。雄鸟还是没有进笼子，雌鸟也没有出笼子，它们就这样隔着笼子低低地叫了很久。然后，雌鸟站在笼门口，展翅而起，两只鸟在半空中追逐着，只遗落下一串串的啼鸣。从此，我再也没有见过它们。

邻家大哥也隔墙看着，用目光远送着那两个小小的身影，用笑容承接着细细碎碎的鸟鸣。

隔着二十多年的光阴，回望曾经的两只娇凤，它们也会如这两只燕子般自由而恩爱吧？

朋友家的两只燕子亲亲热热地聊了一会儿后，双双从门口飞了出去。两个多月后，再去朋友家，朋友说，有一只燕子在低飞过门前街道的时候，被疾驰而来的大车给撞死了。另一只燕子在空了一半的燕巢旁盘旋了几天，终于飞走了，再也没有回来。

于是，朋友家的屋檐下只剩一个寂寞的巢，还在默默地守候着曾经温暖的家。

奔跑的狗

　　傍晚，在门前的水上公园散步时，看到不远处有一条很小的狗，特别欢快地奔跑着，追逐着另几条小狗。待它跑到近前，我才惊讶地发现，它失去了两条后腿，可是主人在它后腿的位置安了一个小车，带着两个轮子。我仔细观察，那两个小轮子做得很精致，而且有伸缩性，能根据地面的凹凸自动调节高度。这样一来，小狗奔跑起来，就不容易失去平衡而摔倒。

　　这只白色的小狗异常活跃，与那几个同伴玩得很开心，偶尔被扑倒，它也能很快地挣扎着站起来，然后继续加入战团。无从想象它是怎么失去两条后腿的，可它这种精神头儿，让人很是钦佩。

　　一年前我和朋友在河西的一条街上闲走，看见一个小超市门前的树下卧着一条小狗，同样没有了两条后腿。在离它几步远放着两个小铁盆，一个里面是水，一个里面是食物。它拖着身子费力地向小盆爬着，勉强吃几口，又爬回树下，任人们怎么挑逗，它都一动不动。听狗的主人说，它是在街上被疾驰的车辆轧断了腿。有人告诉狗的主人，可以给狗做个带轮子的小板车，驮起它的后半身，它就能正常走路了。

狗的主人却摇头叹息，说早就给它做了一个，安上后它也不走，反而用力挣脱，就算赶它，它也一动不动。人们只能叹息，而那条狗却浑不在意，依然很落寞地躺在树荫下。

我家小区的地下停车场旁边，也总有一条很小的白狗，它的两条后腿倒是都在，却极为细短，而且变形，可能是先天的残疾。但是这似乎并不影响它的心情和行动，它拖着两条不能动的后腿走着跑着，虽然有些磕磕绊绊，却不妨碍它在草坪上撒欢儿，也不妨碍它在树丛中徜徉。有时候它见了别的狗，好像也并没觉得自己与它们有什么不同，一样地你追我赶。也许它出生就是这样走路，已经成为习惯，不像那些遭遇意外的狗，要有一个适应的过程。

小时候，我家的一条狗适应能力比较强。那是一条大黑狗，它由于太过于好奇，在大人铡草时伸出前爪去扒拉，结果被锋利的铡刀把左前腿的前端连带脚给切了下来。大黑狗伤口好了之后，依然一瘸一拐地奔跑，那条短了一小截的前腿在前面晃荡着。后来家里人给它做了一个比较巧妙的假肢，把黑胶皮棒中间掏空一部分，套在它的断腿上，再绑紧固定。那胶皮棒也削得和狗腿差不多粗细，并在底端刻出了狗蹄子的形状。大黑狗就像穿上了一只靴子。起初，它还不太习惯，后来就渐渐地跑得很稳当了，虽然有些僵硬，不过却基本不影响它去追风赶月。

受伤的大黑狗奔跑在时光深处，透过重重的岁月，它的身姿依然给我许多的鼓舞。

前不久再次从河西走过，小超市前的那棵树下，那条狗不见了，一问才知道，它已经死了好长时间了。而每天傍晚的水上公园里，那条带着两个轮子的狗，却依然在欢快地奔跑着。

名字不老

落红满地，长风流淌，我踩着一地的叹息，慢慢地走在河畔的小路上，初夏的阳光在身畔飞舞，却驱不散心底的那一丝失落。前面是一对老夫妇，互相搀扶着边走边聊天，一两句对话被风衔来，让我停住了脚步。

"小丫儿，你还记得去年咱们去看儿子时，你乐得好几天没睡好觉吗？"

"烦死了，我都这么老了，你还叫小名！"

"那怎么了？你老了，你的名字又没老，你的小名又没老！"

我不禁莞尔，看着两位老人走远，留下一路隐隐约约的笑语，便想着，他们一定从这一声"小丫儿"里，回想起了很多的往事吧。遥远的从前，当我还是一个很小很小的孩子，家里人也是一声声地叫着我的小名，可是许多年过去了，我的小名却早已失落，偶尔会在梦里拾到，可是曾经叫我小名的人，很多都已经不在了。

有一年冬天，去一个老同学家里，他九十多岁的奶奶坐在炕上，昏昏欲睡的样子，她已经老得基本不认识家里人了。我和同学聊着天，窗外大雪飞扬，正说得热闹，门一开，他父亲顶着一身风雪回来了。他父亲一边拍打着头上身上的雪，一边和我打招呼。这个时候，炕头的老奶奶忽然清醒过来，大声说着："小豆芽儿，大儿子，你回来了？冷不冷？"

我和同学一愣，都强忍着笑意。我猜想，他父亲小时候肯定长得瘦长，而且脑袋大。同学父亲愣了一下，快步走到炕边坐下，奶奶就拂着他的头发，一边拂一边说："小豆芽儿，这么大的雪，都弄不掉了！"同学的父亲也已近七十岁了，白发苍苍，他就像个孩子般，任母亲拂着他发上的雪。

忽然就没有了笑意，心里涌动着一种复杂的感受。那时我也已人过中年，也是白发颇多，如果有人叫一声我儿时的小名，会不会刹那间就融化了我发间的雪？

上学的时候，我觉得自己的姓和名都不好，似乎姓包，起什么名都不好听，"利民"是很有时代色彩的名字，那个年代遍地都是；而且显得特别老气，没有别人的名字那么有朝气。后来一想，等到了老年，我的名字依然适用，心也就平静了。

一个下午，在行政大厅的窗口办事，填表格的时候，忽然听见窗口内工作人员喊"陈小娇"，喊了几次，一个约六十多岁的老大娘才来到近前，工作人员说："大娘您叫陈小娇吧？表格里这一栏您忘了填了！"我看见在叫出名字的那一瞬间，大娘的脸上有着一闪而逝的娇羞。遥远的当年，当她还是少女时，当别人喊她的名字，她美丽的脸上也一定轻绽着娇羞吧？

名字是永远不会苍老的，不管多大年龄，有人呼唤一声你的名字，都会让那些年轻的岁月在心里一一重来。虽然越是长大，被直呼其名的时候越少，可是有人叫自己的名字，心就有着刹那的恍惚。名字已然不是一个代号，而是凝结着年轻时光甚至所有岁月的存在，每一碰触，便往事飞扬。

而且，有些人就算老了，可他们的名字在一些人的心里依然年轻着，一如曾经那些葱茏的光阴。

请把惊讶变成微笑

　　十四岁的薇薇安摇晃着身体，踩着一地的阳光和落叶，回到家，门前，母亲正微笑着等她，待她上前，轻轻地拥抱她，轻轻地拍她的后背，就像之前她离开家门时一样。薇薇安的脸上爬满了细细密密的汗，她笑着对母亲说："比昨天快了五分钟！"

　　这已经是第三十天了，以前那条热闹的街，薇薇安一去一回用不上十分钟，可是现在却用了半个小时。一个多月前，她睡觉时从高高的床上跌下来，磕碰了额头和右腿。起初并没什么大事，可两天之后，她的右腿便不再那么灵活，然后越来越严重，而且每迈一步，就像触电一般，全身都会抖动扭曲。母亲带她去各大医院，做了各种检查，最后得出的结论是，这种状况可能源于脑损伤，目前还没有什么治疗经验，不过，如果坚持不懈地锻炼，自愈的可能性是很大的。

　　于是在母亲的强迫下，薇薇安极不情愿地开始了恢复性锻炼。母亲让她拄着单拐独自去走附近那条热闹的街，走到尽头再走回来。起初，她有很多顾虑，怕别人嘲笑，怕自己跌倒。她想象自己走路的样子，每艰难地走一步，全身就会不由自主地抖动，就像跳一种古怪的舞。第一次出门前，母亲总会拥抱着她，轻轻地拍她的背，给她一种温暖的力量，回来时，母亲一直等在门口，依然是拥抱着她轻拍后背，每一天都是如此。

第一次走上那条街，薇薇安慢慢地挪动着脚步，低着头，只有阳光在脚前依次绽放。她感觉似乎每个人都在看着她，她不敢迎向那些目光，她被那些目光淹没了，她一步步地挣扎着。偶尔一次抬头，发现来往的人果然在看着她，只是，她看到的是无数张温暖的笑脸。每一朵笑都在阳光下盛开，她努力地笑了一下，心底暖暖地涌动着力量。

许多年以后，薇薇安依然记得那个秋天，那个小城，那条热闹的街。那些真诚的笑一直流淌在岁月里，抚慰她许多不被预料的际遇。

薇薇安艰难地走着，坚持着，从第一天的近两个小时，到现在的半个小时，每一天都在进步。而且越来越多的人看到她，都会对她微笑，那笑容里漾着鼓励与欣赏，她在笑容的河流里抬起头来，自己的笑容同样被点亮。她笑着往前走，渐渐地，她觉得右腿的力量在增长，而且以往走一步就会全身发抖，渐渐地，发抖的间隔越来越长，她走得也越来越稳。

在拥抱过母亲后，薇薇安回到房中，躺在床上，任泪水在眼中打转。床头旁的本子上，记录着每一天走路用的时间。她在滚烫的泪水中梳理着这一个多月来的日子，她觉得自己走出了一个全新的世界，这个世界里，充满着爱与温暖。她爬起来，在本子上记下今天的日期和走路的时间，然后，画了一个大大的句号。

第二天上午，薇薇安走出家门，母亲依然拥抱她，轻拍她的后背。她慢慢地走上那条铺满十一月的阳光和梧桐落叶的路，走了几步，在母亲的目光中，她扔掉了单拐，轻盈的身影越走越远。

走在熟悉的街上，迎着无数张熟悉的笑脸，薇薇安笑出了两行亮亮的泪。在锻炼走路第十六天的时候，她摔倒了，当人们扶起她时，她无意间回头，却在一个橱窗上看到了自己的背影，她看到自己的背上贴着一张纸，上面写着两行字：

"嘘——看着我，请把惊讶变成微笑！"

那一刻，薇薇安回想每一次出门前，母亲拥着她轻拍她的背，回想每一次回去，母亲同样的拥抱和轻拍，她忽然觉得，自己背着的是阳光般温暖的爱。

许多年之后，在某个城市的街上，人们经常会看到一个老妇人拿着相机，抓拍一些走路困难的孩子。每次被发现时，她都会在唇边竖起食指，说：

"嘘——看着我，请把惊讶变成微笑！"

我会永远记得这一天

十多年前，一个圆月当空的晚上，我坐在老家的窗前，翻看一大箱子日记。在岁月的尘埃里寻找寂寞青春中的点滴，就像在灰烬里寻找一些固执未熄的火星儿。只是日记里的日复一日、年复一年，都是不变的琐碎与落寞，仿佛行走在荒烟蔓草里，难遇一树花开。

当初写下这些日记时的心情，也多已漫漶，似乎只是为了让走过的时光留下一些痕迹。那满纸泛黄的往日，除了没头没脑、无缘无故的心情，就是平淡的经历。也许，一年一年的日记，只是习惯使然，更可能是贪恋于写字时片刻的清宁。忽然想起，当时，的确有许多想写的，却不能写，也不敢写。写日记的初衷，曾是想给心灵给心事找一个故乡找一个家，可真正到有了心事的年龄，心情和初衷却已被悄悄篡改。虽然不是欲说还休，终究是有着许多顾虑。

有一页日记，只写了一句话："我会永远记得这一天！！！"三个叹号如流星划过眼睛，也只是瞬间的激动，仔细看年月日，却是一片茫然。写下这行字的心情，肯定是大喜或者大悲，觉得这一天会永远铭刻于心。只是那一天，在多年后我的眼中，也只是一个日期而已，内容早已不知消散于何处。就像看得见涟漪，却不再知道是谁抛下的哪一枚石子。曾想买本带锁的日记，想锁住所有的秘密。却又不信任那把锁，结果被时间这把锁锁死了所有，把当事人也锁在了门外。

其实抛开日记回望，一些温暖的点滴，许多忧伤的片段，依然会记得，似乎还没被时间封存，也还没被想象力篡改，还在恣意地蓬勃生长。为什么想要记住的，却偏偏想不起？或许只是当时以为会永远记得，却在汹涌的日月流年里，在更多的情节中，对比着黯淡了下去，隐入了长夜。

其实，我觉得日记远没有信件真实。我曾保留着很多信，有亲人朋友的，也有同学的，还有中学时发表第一篇文章后，收到的几百封中学生读者的来信。从那些信里，特别是回信中，可以清楚地看到事件，看到起因，看到想要了解的一切。可我为什么却更喜欢看日记呢？可能日记全都是自己的生活吧，哪怕是平淡的，无味的，经过时间的发酵，再读时也会有一种淡然的陶醉。也许并不一定是陶醉于日记的内容，更多的，是陶醉于那些融着眷恋的渺渺光阴。

在那一年的那一本日记里，居然有三天都写着这同样的一句："我会永远记得这一天！"有一个还很夸张地写下了六个叹号。现在看来，却只是增添了更多的困惑。对着那几个叹号，看着看着，便觉得好笑。那些曾以为刻骨铭心的情节，那些悲欢，原来也只是换来很久很久以后某一天的遗憾之余，云淡风轻的莞尔一笑。

如果没有那些日记，没有那句话，可能连那一天的影子都不会有了吧，那么，连遗憾也都不会有了吧？如果不是那个月圆之夜，我用目光去碰触那些尘封的情节，也许连一丝涟漪也不会泛起，一切都隐入光阴之河。"永远记得这一天"，还有那些叹号，写下时该是怎样的庄重神圣，那个少年的心里，带着某种虔诚，满溢着怎样的情感。而此时此刻，我真的觉得我辜负了那句话，辜负了那些心情，也辜负了那个少年。

然后，随着那个大箱子的遗失，便再没有了那些日记。我近十五年的成长岁月中的每一天都丢了。那以后，我也曾回想，也曾把心放在当下，似乎再不会有少年时的心境，也不再那么易感易愁，竟然觉得似乎哪种心情、哪种经历、哪一天，都不会让我再写下"永远记得"。真正感念于心的，却再不会说，再不会写，也再不会忘。

日记丢了，日子丢了，都没什么大不了，毕竟走过的，总会留下一些痕迹。如星光，会在某个最黑暗的时刻忽然亮起。而且，也幸好，我还记得那个月圆的夜晚，我还记得看到"我会永远记得这一天"时的所有心情。

我的青春是一条街

　　我的心里住着一条街，它收藏着青春里所有难忘的情节和点滴的细节。那条街不是家门前那条僻静的路，不是校门前那条热闹的街，它只是我的心一次次走过回忆时，足迹重叠成的眷恋。

　　那条街随着我不断地回望而延长着，路旁长着很多古老的树，摇着风和阳光，缠着雨和雪，也记录着我的每一缕足音。家就在树荫下，矮墙木门，小小的院落长满了母亲种的花草。走出门，我能听到有个院子里传出小女孩的歌声，听到对面人家的小夫妻不停地争吵，听到一个男孩忧伤的吉他。学校在街的正中央，一个很大的院子里，不时流淌出读书声和笑声。

　　每次从校园里出来，我都会走进不远处的小书店，那里卖书也租书，我偶尔买，也会租，买来的都是一些名著，租的多是武侠小说。更多的时候，我只是站在那里看，一直看到不得不离开。也经常去另一家店里，买信封、邮票和稿纸，那时忙里偷闲地写了很多稚嫩的文字，大着胆子投稿。临近元旦，街边会出现许多小摊，卖各种精美的贺年卡，我挑选了一些，上面还粘着雪花，写下一份祝福，送给要好的人。

无论冬夏，我最喜欢去的地方，还是那片树底下，许多书摊排列着，各种杂志陈列，我会一本本地翻看。投稿之后，我会翻开那些杂志的目录，期待看到自己的名字。我的第一份惊喜就是在那里收获的。发表第一篇文章时，也是我高考失利的时候，可两种心情却碰撞出终生难忘的感受。

有两个重要的地方，是那条街上不变的守候，也是我放逐心灵的去处。灰墙红门的萧红故居里，留下我很多的心情。不知到底有什么在吸引着年少的我，每一次流连在那个院子里，都会让落寞的身影和寂寞的情怀渐渐生动起来。萧红的后花园里，依然重复着不变的秋黄春绿，总是让我想起乡下的故园。

西岗公园在街的尽头，四望亭，萧红墓，拱桥，巨大的仙人掌，大片的树林，还有远处的呼兰河，依然在时光深处呼唤着我。孤独的脚印写满了每一处，那个寂静的园子里，有我的青春一直在流浪，还有许多年轻的情节，依然在一遍遍上演着相遇与分离。

在我的青春岁月里，萧红故居和西岗公园给我最长久的相伴，它们宽容地接纳着我所有的轻喜悄愁。以至于多年以后，我竟不敢回望，不敢去寻找那个独行的少年，我怕我猝然的目光，会惊散许多栖息着的美好。

每次路过那家录像厅，我都会被门前那些宣传画吸引，只是那么多的港台明星，那么动人的场景，却很少让我放慢的脚步因此停留。那几年我只进去过三次，每次都看了好几个片子，可留在记忆里的只有三部：《阿郎的故事》《天若有情》和《秋天的童话》，都有关生命、爱情、珍惜和离别，它们在我的青春里绽放着，绽放成永不褪色的画面。

那个台球室我只进去过几次，还是看着别人玩儿，对打台球并不感兴趣。而旁边那家电子游戏厅，我去的次数较多，甚至还曾逃课去玩。那是一段迷茫的时期，虽然已经选择了复读，却心境黯淡，总觉得是在失败中挣扎，在挣扎中摸索。虽然打游戏的时候会暂时忘了苦闷，可时间长了，另一种空虚便会开始无尽地折磨，所以，游戏厅也成了我的历史。

放学后骑着一台破旧的二八自行车，和同学一起慢悠悠地边蹬着边说着话回家，然后人越来越少。我家最远，最后还在身边同行的，只剩下一个女生，却没有了话题，就那样默默地前行。在一个转角处，她转入另一条路，用微笑告别。日复一日，直到有一天那个女生回老家参加高考。有时候会想起杜逊·奥斯汀的名言："时间仍在，是我们在飞逝。"毕业时，我们几个在街角的小饭馆喝醉，然后摇摇晃晃地在街上边走边大声地唱，唱得路灯都睡了，我们才回去。

不知什么时候走出了那条街，再也回不去，只能远远地回望，看着自己的青春还在那里哭着，笑着，葱茏着。长街短梦，而我已走过了多少山河岁月，心上又蒙上了多少尘埃，更错过了多少风景，曾经惜别的都不会再来，幸好我在心里走出了另一条街。

泪光洗亮时光

已是四月，门前水上公园的湖面上，冰依然未消尽，融开的部分星星点点地散落着，像无数只睁开的眼，我知道湖水很快就会醒过来。我喜欢在这样的季节缝隙里行走，漫步于阳光的河流中，看着很多美好的事物正一一生发。

忽然听到一阵孩子的哭声，转头，一个八九岁的女孩跟着怒气冲冲的妈妈，边哭边说着看电影，似乎是妈妈答应带她去看电影却又临时有事变卦了。泪水、电影，这两个关键词刹那间犁破岁月的壁障，我在瞬间的通明里，望见了久违的泪与美。

那是二十多年前了，当时我在一个小公司里工作了三个月。有一个女上司，三十多岁，冷若冰霜，不近人情。我们平时都难以与她交流，她偶尔和我们说话，都是在我们讨论最近有什么新影片上映的时候。她对电影很感兴趣，特别是悲剧的或者感人的。有时候她也会和我们一起去看电影，我们发现像她这样冷冰冰的人，泪点却特别低，往往我们并没有觉得情节有多感人或者多难过，她却已经哭得泪如雨下，而且一发而不可收。奇怪的是，事后如果说起那部电影，她都会很茫然，当初哭得那么稀里哗啦的，可是竟全然忘了内容。听那些老员工说，她就是这样，如果没有和她看过电影，根本不知道她还会哭。

三个月后我就离开了那里，曾经的人与事也渐渐随尘烟消散。四五年后的一个秋天，在哈尔滨的中央大街上，我邂逅了曾经的那个女上司，而且是她先认出了我。她还是原来的样子，此刻却多了些许的暖意。说起往事，她忽然笑了，刹那间她脸上的阳光就生动起来。

她说那个时候她各方面压力都很大，家里的烦心事也很多，每天都压抑着，总是想狠狠地哭一场，可是自己一个人的时候哭不出来，更不能当着任何人的面流泪。所以，她就去看悲剧或者感人的电影，在影院里，在黑暗中，她可以肆无忌惮地哭，即使被人看见也没什么。

所以她根本不是为了去看电影，只是为了去哭，为自己而哭。忽然觉得，是不是每个人的冷漠坚强背后，都有着快要决堤的泪？就像她所说的，哭过之后，会轻松好几天。

中学的时候，班里有个男生，特别活泼好动，每天都和别人嬉笑打闹，典型的自来熟人来疯。而且每次下雨的时候，他都会欢呼着不管不顾地冲进雨里，在操场上跑几圈再回来，淋一身雨，湿漉漉地上课。那样的时刻，他全然不顾所有人的目光。其实我很羡慕他，只要喜欢就冲，没有那么多顾虑。

后来才知道，他的家里很不顺，父亲工伤，母亲卧病，哥哥嫂子对他们不好，姐姐又因受刺激而精神失常，一直在治疗中。开始的时候，我还以为这个人实在是没心没肺，长大后就觉得他其实是很乐观的。就算当年他每天沉默寡言，每天呆坐静思，又能怎样呢？那只会更黯淡甚至扭曲了自己的心吧？他的那些笑与闹，可能也是一种宣泄吧！

前些年回老家，和还在故乡的昔日同学小聚了一下，那个男生也在。大家回忆起青春岁月，似乎每个人的记忆里都有着他的身影。他依然是那么爱动爱笑，可在那一刻他忽然安静了下来，他告诉我们，那个时候，他其实是很压抑的。虽然每天都那么闹着，可是只要一静下来就会感受到铺天盖地的沉重。每次下雨的时候，我们都看着他笑着冲进雨里，可是在操场上跑着的时候，他的泪水就会在雨水的掩护下，汹涌着淌下来，哭够了，才跑回来，又变成那个快乐的男生。

原来，曾经那个小小男生快乐的背后，有着那么多的泪水，就像他所说的，那时候非常盼望下雨，就是为了痛痛快快地哭一次。也许，每个人在成长岁月中，都需要一场泪雨，来洗去心上的尘埃，来洗亮眼中的世界。

就像此刻，身在湖畔的我，竟已想不起上一次哭是什么时候。于是，面对着空悠悠的天地，感受着浩浩荡荡的风，忽然就有了流泪的冲动。

在心里隐居

让心静下来，是一件很难的事。心无杂念或者心存一念，是古代许多宗教修身的入门心法，看似简单，却极不容易。心里万念丛生，越是想压制，便生长得越猛烈。就像许多失眠的人在夜里数羊一样，只是为了让心静下来，不去想一些扰乱情绪的事，却往往于不知不觉中陷入幻想的漩涡。

我年少的时候，有一段失眠的经历，用尽了各种方法都与睡梦无缘。偶然的一个夜里，在纷乱的思绪中，捕捉到一个让我感兴趣的幻想。当时心里有一连串的问题，比如将来想过什么样的生活，想住在什么样的地方，想去哪里游玩，等等。别的问题，少年的我有着许多不确定的憧憬，而且也想不分明。只有那个想住在什么样的地方的问题，让我想了很久。或是山间水畔的小木屋，或是大都市的高楼之上，这一刻还眷恋着大漠上的帐篷，下一刻便又神飞于海边的小楼，一会儿江南一会儿塞北，一会儿雪域一会儿高原，直到入睡了还梦个不休。

长大之后，那所房子便在我心里渐渐定了型。不要什么高楼大厦，不要什么名山大川，只是那么一所房子，土草房就很好，在大平原上，或者远处有淡淡的山影，附近有细细的河流，房前有几棵参天的杨树，屋后一条土路通向远方。忽然惊觉，这与我记忆中的故乡老宅多么相似，却又远比故园完美。

也许经历了半世的沧桑，心灵想要回归童年的家园，于是心底的房子便越发清晰，每天心神一闲，便会沉浸于那种创造之中，每一个细节都慢慢丰满。不要篱笆墙，因为我很少见，所以采菊东篱下，或者在绿树白花的篱前挥手道别，那些情境便与我无缘了。只要土墙就好，一带矮墙，围绕故井，夏天的时候，墙体和墙头上会长满野草，就像大地站了起来。为了把院门开在哪个方向，颇费了些心思，我想开在西边，每到傍晚，倚杖柴门，临风听蝉。可是我又喜欢早晨打开门，把万里霞光迎进来，盈满院落。最后还是决定把门开在西边，因为西边的高冈下，是一条小河，对岸是辽阔的大地，我可以走出门，站在高冈上远眺或沉思。

就这样，每天无事时便在心里一点点构筑自己的家园，比如要有一个屋子，四壁摆满了书，窗前一张古老的书桌，在某些夜里，月亮挂在檐下，时而读书，时而看月，看月光把院里的花影移到壁间的书上。这样想得多了，想得久了，只要心思一沉静下来，便觉得身处自己建造的家园里，每一物都固定存在着，一草一木都那么熟悉，甚至书架上每一本书的位置都记得清清楚楚。

所以，有时候累了，我便回到心里。那所房子一直在，或者是春日的清新，娇鸟啼花，轻风摇绿；或者是夏天的热烈，绿树浓荫，池塘青草；或者是金秋的开阔，草木摇落，雁阵横空；或者是严冬的凛冽，一炉火红，漫天飞雪。我徜徉其中，虽然时节如流，却恬淡悠然。从心中的世界回归现实，心情便无比地宁静，一些近在身畔的荣辱得失，便再不能入侵我的心。

可能现实中短短的一瞬，我却在心底已度过了很久。可以在早起的清晨，去菜园里看那些欣欣然的果蔬，惹一身清凉的露；可以在炎热的午后，坐在老树下，笑看天边云卷云舒；可以在如染的黄昏，倚在矮墙上，听晚风摇醒河流和草木；可以在寂寂的午夜，漫步中庭，踩一地如水的月光。都说天上一日，地上一年，那么，是那一天珍贵，还是那一年值得？于我来说，我不在意现实中那失神的一瞬会发生什么，却流连于那一瞬我在自己心底度过的一天。

有了心底的家园，便随时可以进入，哪怕只有刹那，也足以休憩和放牧自己的灵魂。便觉得世事亦真亦幻，自己过着两种截然不同的生活，生命丰富得出乎想象。在自己创造出来的世界里，过着另一种生活，那么，现实生活中那些黯然的时刻，那些失意的时光，都会因此而成为另一种生活里最美的光阴。

所以，不必费尽心思去想着归隐田园，也不用去羡慕虚无缥缈的世外桃源，只需向自己的内心去寻找，便会与许许多多梦想中的美好翩然相遇。

黏着泥土的乡音

　　村庄上空的炊烟已被东边升起的太阳驱散，家家户户响起开门的声音。父亲和母亲扛着锄头，我跟在后面，还没出村，就遇见了好几拨人。

　　"也去铲地？"

　　"是啊！你家的地今年怎么样？"

　　"还凑合，草比往年长得快，得多铲两次。"

　　或者："回来了？出去那么早？"

　　"今天很热，早点铲完，省得晒得慌！"

　　"还没吃吧？"

　　"回去就吃！"

　　在此起彼伏的鸡鸣犬吠声中，永远不变的那些对话，似乎一层层地积在土路上，带着阳光的温度。一年一年，一辈一辈，朴素而温暖的乡里之情沉淀成再寻常不过的话语。就像无边的黑土地，单调成世世代代的眷恋与相依。

　　长长的夏日，躲在屋里的清凉之中，院子里的禽畜也各寻阴凉之所，都昏昏欲睡。村庄在寂静里沉默着，只有偶尔路过的风，把一树的叶子撞得哗啦啦地响。这时，就有吆喝声远远地传来，那声音被阳光烫过后，带着一丝慵懒。渐渐地近了，或者是"卖冰棍喽"，或者是"换鸡蛋啦"，或者是"收鸡毛鹅毛"，然后便听到有人家的门开了，接着就是讨价还价的声音。

　　快要吃饭的时候，村庄里又热闹起来，我们这些小孩子不怕热，在外面疯玩儿，总是忘了回家。于是满耳朵长一声短一声的呼唤，都是从一些人家的院子里传出来的。

　　"小二，吃饭啦！"

　　"三儿，快回家！"

　　"铁蛋儿——"

　　"二眨子——"

　　"丫崽子——"

　　各种各样土得不能再土的小名满村回荡，我们各自分辨，一哄而散。多年以后，当年的孩子大多已辗转四方，也已长大成人，在他们的心里，也应该和我一样，多想再听到家人呼唤自己的小名，多想再回到曾经的夏天。

　　晚饭过后，太阳已经落到西边的林子后面，村中间的老井旁边便热闹起来。人们叼着烟袋，手里拿着一把破蒲扇或者一片阔大的向日葵叶子，渐渐地聚拢过来。老井周围的人一般分成好几伙，老年人一伙，中年人一伙，再就是女人一伙，有时候小孩子们也凑成一伙在那儿争吵。老人们说的都是陈年旧事，黑土地上一辈辈流传下来的闲话，或者是自己曾经的一些经历，比如："那年，我去下甸子买毛驴，喝了一斤酒，牵着毛驴回来天都黑透了……"中年人的话题就更多了，争着讲着自己在外面的遭遇，或是去了哪儿，或是遇见了什么事。而女人们则是家长里短猪肥狗瘦之类的。年轻人一般不在这儿凑热闹，他们提着录音机不知跑到哪儿玩去了。

星星月亮越来越亮的时候，人们才打着呵欠，扑打着蚊子，各回各家。第二天早晨，又重复着前一天的内容。如果是阴天，路上遇见人，对话便有了稍许不同。

"上地里？你家的地快铲完了吧？"

"差不多了。今天说是有雨，得抓紧干！"

"是有雨，出门前盖酱缸了吗？"

"盖了！"

白天的时候，任何一个人走在村里，遇见人，都会问："吃了吗？干啥去？"

回答也是各种各样，却都离不开身边的生活。

"我家那个猪又跑了，我去找找！"

"我家小二让老李家的狗咬了，我去老李家剪点狗毛！"

"上他老姨家借几个鞋样子！"

"三儿有点发烧，去周大夫那儿要点药！"

秋天到了，村庄更是热闹了许多，表舅赶着马车给我家拉玉米棒子，我们坐在车上玉米棒子堆里，马车颠簸着，把我们的笑都颠得洒了一路。遇见别的拉粮食的马车，车把式甩着响亮的鞭哨互相致意，家人便和别人短暂地交流起来：

"你家的苞米今年收成不错！"

"还凑合！你今年种黄豆是赶上好时候了！"

马蹄声里一路欢笑，守着土地的人，在丰收的时候，有着挡不住的幸福。

每一年都是这样度过，似乎永远都不会改变，却不知在哪一年，一切都已变得不再熟悉。就连那些话语，也不再有。这两年也曾回故乡的村庄，只是再没有了曾经的热闹，在告别了牛马之后，在告别了镰刀锄头之后，在告别了老井之后，人们在机械化中变得清闲起来，然后走向了城里。村庄里，人那么少，那么少，虽然还有鸡鸣犬吠之声，却透着几分荒凉。

俱往矣，不闻爷娘唤女声，身前身后都是寂寞的陷阱。而惊醒的往事，却如飞鸟般乱撞，撞得心里生生地疼。

在黄昏的村头，我看见一个很老很老的老人，倚杖而立，身旁趴着一只同样很老很老的狗，他的目光抚过将暮的大地，除了很远很远的夕阳，没人知道，他在眷恋着什么，回忆着什么。

生命中的两场雪

那是我青春生命中的第一场雪，带着突如其来的寒凉，落进年少的心底。那是搬进城里的第一个冬天，从天高地阔到繁华的困囿，墙角的一株草都能引发我长久的怀念。一直觉得少年时的流离，是仓促间告别了成长的无忧，当乡愁成为最初的底色，整个生命都会镀上一层永远抹不掉的苍凉。

那个十月的午后，我走在一条很安静的街上，小小的雪花在周围悄悄地飘落。刚刚公布了期中考试的成绩，本来在乡下一直很优秀的我，等来的却是深深的失望和失落。由内而外的冷，就连北风吹在脸上，都没有了知觉。

我倚着街旁的路灯杆，心里纷纷乱乱，就像漫天的飞雪。后来看有人骑自行车过来，经过我身边，便停了下来。那是我们的语文老师，她把自行车支在路旁，同我一起站在路灯杆下。雪细细密密，沾在我们的头发上，在脸上慢慢融化。时间就这样流走了，虽然只有短短的半个小时，却让我有着久久的回味。

当时我说了很多话，老师静静地听着，隔着片片飞雪。许多年以后，我依然记得老师说的两句话，一句是："我也是像你这样的年龄离开的家乡。"还有一句，是在和老师告别的时候，当时雪已经无声无息地停了，就像我的许多心事尘埃落定。她推着自行车，忽然回头大声说："我喜欢你淳朴的样子，因为我和你一样！"

那样的时刻，所有的雪都温柔地铺展在脚下，每一条路都那么洁白。

也是在那一年的春天，我一直处于一种巨大的失落之中。那时父母已经决定，我们全家要从乡下搬进城里。那些天我经常在村里村外来回地走，虽然雪刚刚融尽，大地还是一片萧条，可我依然用心记着一切，村西的小河，村头的半截大坝，村南的大草甸，村北的树林。还有我家的院子，院子里的花狗和白猪，许多的鸡鸭鹅，房檐下的燕巢，南园里的杏树。我努力回想着去年夏天时，这一切的葱茏与喧闹，今年也依然会如此，只是却少了一个我。

有一天忽然下了雪，晚春时下雪，是很少见的事。雪很小，很细，轻轻地飘落，就像一场告别。而对于我来说，这是故乡最后的雪，也是最后的美，以后的日子，我想象不出会是什么样，也不知道会有什么样的际遇在等着不安的我。对城里生活的憧憬，远没有对乡下生活的眷恋强烈。

果然如此。搬进了城里，所有的一切都那么陌生，在新的学校里，我是那么格格不入。仿佛原有的世界崩塌了，我站在那里，满是彷徨。

我曾经在一篇作文《最后的雪》中，描写了离开时的那场雪，和我所有的心情。作文本发回来时，这篇作文的后面，老师的红色字迹占满了一页，她说："还记得去年初冬时，咱们在路灯下的交流吗？那时下着第一场雪。其实，第一场雪是一种美丽的开始，最后一场雪是另一种美丽的开始。在这个世界上，没有什么真正的结束，有的只是另起一行，重新开始！"

还有许多的话，已经记不清了，而那份温暖却穿透许多的岁月，恒久不变。这么多年里，兜兜转转，来来去去，即使再沧桑的雪，我的心里也会有着一份感动，而不是苍凉。因为没有什么是真正的结束，有的，只是另一个开始，只是美丽的延续，就像心底的希望般，生生不息。

第五辑

花香盈满，时光茂盛

行走在春天里，一路都是最美的相遇，走着走着河流就笑了，走着走着鸟儿就唱了，走着走着花儿就开了，走着走着心情就暖了。

心有一束光

那个深夜，满天乌云遮住了星月，家家户户也都熄灭了灯火。我贴着一堵又高又长的墙慢慢地走着，心里有一种错觉，仿佛夜是凝固的，就像身旁这堵看不到的墙，如果走得太快，会不会一头撞上去。

我一步步蹚着黏稠的夜，向着村中间走去，手里紧紧攥着一把弹弓。想起白天受另一个孩子的欺负，心就像口袋里的泥丸那般冷硬。我决定去打碎他家的玻璃，让他们全家都尝尝惊吓的滋味。我停了下来，那堵墙已经消失不见，我努力想辨认哪一户是他家，可目光却被溶解在黑暗里。不知谁家的狗叫了几声，声音被夜摩擦得极为尖锐。

忽然前面出现一点光亮，忽明忽暗，抖动着向我飘近。我蹲在那里，尽量把自己缩进夜色里，心底涌起巨大的恐惧。光亮飘到我身旁时，隐约看见一个人的脸，原来是那人一边走一边抽烟。我屏住呼吸，那人并没发现我，那一点光亮又飘摇着远去了。

不知为什么，忽然就丧失了报复的心思，就像所有的心情都被那一点火光牵引着飘远了。有时候就是这么奇妙，一直很坚定的某种心思，却会受意外的微不足道的影响而瞬间崩塌。多年以后回想，曾经的那一点火光，确实是轻易地就撕碎了那个极黑的夜。

后来，渐渐长大的我再度经历了一个真正的黑夜。那天我极度失意地从城里学校步行回家，已近黄昏。当我走进那片极空旷的荒野，距离村庄的家还有十几里。天色渐暗，我一步一步走进荒野深处，也走进夜的深处。最后，身畔只余西风吹动的枯草声，才知道周围的辽远。耳朵里的天高地阔，却是眼睛里的黑暗逼仄。脚步也被道路抛弃了，一时之间茫然不知身在何处，也不知该去向何方。就像我的心，在人生的风雨里迷茫着，找不到一条可以通往梦想的路。

从起初的紧张，到最后的放任，身体跟着脚步，脚步随着心。被黑暗紧裹着，向哪里走，都不会有更黑暗的去处了吧？在某个不经意的瞬间，远方忽然就涌起火光，就像夜之门打开了一道缝隙。刹那间，脚下的方向就出现了，连同心里的。走到近前，才发现那是放荒之人在烧枯草。这在乡下是很常见的景象，烧成灰的枯草，继续肥沃着土地，而真正的草根并未因烈火而死，第二年还会更蓬勃地生长。

那么，我心底那些失败了的梦想，是不是也并没有死去？而我也应该用一把火，焚尽那些枯萎的纠缠，化作如夜的黑土，孕育出一个更明媚的清晨。

许多年以后，有人说我眼睛里有一束光，也许是因为我总能在黯淡的际遇中，看见一些温暖感动的东西。其实，我知道，我的心底也有着一束光。眼睛里的光，可以遇见光明，而心底的光，却在等着瞬间的点燃。

很多时候，我们会迷失在光明里，也会迷失在有星月和灯光的夜里。也许，只有极暗极长的夜，才会于刹那闪现的光亮中，映照出真正的方向。

花香盈满

记得八九岁的时候，有一次和家人坐火车，无座，车厢的过道里挤满了人，甚至座位底下也躺了人。站在那儿，前拥后挤，几乎脚不沾地。我个头小，楔在人群的缝隙里，目光被许多前胸后背阻挡着走不出去。空气中充斥着各种气味，嘈杂的说话声汇集成一种辨不清的声音，轰轰然灌入耳朵里。

正烦躁无比、几乎透不过气的时候，车厢的广播里响起了音乐，轻柔舒缓，我一下子平静了下来。并不是因为音乐的缘故，而是因为想到了一个问题。那时我总是忽然想到某个问题，便忘了周围一切。因此，经常有人说我，这个孩子好像总是在发呆。可能他们内心想的却是：这个孩子也许头脑有些问题吧？

当时我在想，这么满满当当的车厢，连空气中都是满满的异味和噪声，可是音乐声依然能挤进来，可见，并不是真正的满，那么怎样才算是真满呢？比如说一杯水，是满的了吧？可是加一勺白糖，很快溶化，却不会溢出。那时我就是这样满心的疑问。有时见到一只鸟飞到树上，会想着：到底是鸟飞过去，还是大地和树一起走近了鸟呢？或者看着地上的井或窖，会想着，也许那下面才是地面，而我们却在洞底。就是这些奇奇怪怪的想法，常常让我不知不觉地悠然神飞。

还是小小少年的时候，有一次亲戚家孩子结婚，我的家里也住了不少远道而来的亲人。那个夏日的晚上，很多人都坐在院子里，热火朝天地聊天，不少本村的亲戚也都陆续加入进来，一时只觉得院子里摩肩接踵，欢声笑语填满了空隙。花狗在人群间钻来钻去，兴奋异常。我坐在墙头上，看着眼前的情景，心里想着，小小的院落，这么多的人和声，连我的声音都插不进去了，是真的满了吧！

正微笑地看着，忽然觉得，还不满啊，我的目光依然可以插进去。这时候，月亮升起来，刹那间点亮了院子里的一切，包括人们的笑脸。便心下了然，院子永远也不会被填满的，就像此刻，还能融进星光月色，能融进长长的风，能融进无数的心情。

于是便想到，在成长的岁月里，曾经那么多的心情，悲欢离合，轻喜悄愁，都付与了哪里？那些容纳着我许多心情的地方，也容纳了太多的往事吧？记起高考前那些日子，每个夜里都复习到很晚，便觉得在黑暗笼罩的人间，还可以加进一盏孤灯，加进我在灯光下的思绪。后来，更是明白，那许多的夜，再巨大，再无所不在，却依然不能占据所有，至少，还可以加进一枕清梦。

就像再沧桑的脸，也可以加进微笑。

及至离乡之后，辗转之间，已在小兴安岭深处驻足二十年，起初的日子，心里满是思乡之情。那种情感无孔不入，稍有闲暇便充盈于心，或者一直在心底弥漫着，只是有时自己压制着不让其溢出来。经常是回头一想，本以为乡愁已充塞心间，可是竟然有更多更多的东西在其中。看来人心更为广阔，比能容纳笑语与月光的院子更广阔，因为，深藏其间的记忆，似乎是取之不尽的。

心里能装的东西太多，自然就有许多不想要的，可是却又驱之不去。许多事就是这样，越想忘记却偏偏想起。可是，当时光的脚步把眼前的未知踩成身后的路，再回头去想那些想忘却的种种，却于平静的回忆中涌起别样的情绪，不再排斥，不再伤痛，甚至有着淡淡的幸福的回味。

于刹那间了悟，一路上落在我们心间的，那些沉重的、痛苦的、不堪回首的过往，虽然无法从记忆中摒弃，却会于岁月中慢慢沉淀成厚重的土壤，生长出许多不期然的相遇。于是，心底便会多了许多的感悟感慨，还有感激感动，盈然着一种似淡泊又似超然的美好。

很久之后的某个夏天，我走过一段从不曾流连过的路。那是一条很窄的土路，穿过一大片草地，只有短短的二十多米，也不知怎么回事，两旁杂草间全是半湿的脏泥，长年不干，而且有难闻的气味升腾。每次路过，加快脚步的同时，我总是会想，怎么能把这些气味去除呢？把这些泥全都清走，垫上一层石灰？还是在上面铺上一层干土，把泥淖掩埋掉？似乎都不可行，当我把它扔在身后时，便也不再去想。

可是，这一次，才两个多月没走这条路，臭气熏天的所在，竟然成了花的湖泊，那些争相绽放的花朵，把本就很窄的路挤得更瘦了。走在其中，恍如梦境。是谁撒下了这么多的种子，把这里改造成了一片心灵的牧场？原来，改变一条路最好的方法，是种花。

那么，心底那些删除不掉的，也许可以成为土壤，只要，撒下美好的种子。人心是偌大世界，即使拥挤着，也如花香一般，虽无隙，却依然可以融进一缕长风，一朵阳光，一片月色，一段心情，一曲轻歌……正因为似满非满，才能把那么多的美好组成一种感动，一种力量，一种生生不息的热爱。

那么，我的心，就会成为属于我自己的小小人间，生长着世间所有的美。

时光茂盛

女儿读初中时的一个夏日，学校临时有事，所以放学早。我早早地去校门口等着，这里已聚集了不少接孩子的家长，多是老年人，聚在一起聊天。教学楼的西侧有一株很高的树，茂密的枝叶间栖着朵朵阳光，阳光牵绊着我的目光，片刻间竟是长久的失神。

少年的我刚从乡下转进城里的初中时，教室的窗外也有一棵古老的柳树，让我总是听着课就悠然神飞。路过的风和偶尔垂落的鸟鸣，唤醒了我对村庄大地的记忆。生命中的第一份乡愁，就那样在心底落地生根。少年眼中的世界永远是未知而新鲜的，当我和新同学们熟悉之后，外溢的乡愁便蕴敛成极深极远的一个梦。课间的时候，我们在老柳树下漫无边际地说着话，斑驳的光影生动着每一张年轻的笑脸。

三十年过去，回望却是多么茂盛的时光啊！如今发上已落了永不消融的雪，似乎再回不到曾经的夏天。六月的阳光下，却流淌着不散的苍凉。身旁几个老人在聊着那棵树，也回忆起他们的火热年代，回忆起曾经顶风冒雪在山上采伐的时光，或者朴素的校园岁月。他们笑谈着曾经的苦乐，年轻的笑流淌在苍老的脸上，阳光轻送着白发的芬芳。

放学了，少年们奔跑出来，足音飞扬。忽然明白，时光永远是茂盛的，而时光里的人，有的正葱茏，有的却正憔悴。一茬一茬的四季，收割着一茬一茬的心情，谁也不知道，又似乎谁都会知道，在遥远的境遇里，会有着怎样的一种落寞在等着我们。

不知哪个教室里传出风琴的声音，一首低婉却又透着欢快的曲子，穿透扰攘的人群，仿若一只蝶翩然栖落在心上。刚上高中的那个秋天，开始军训，我们走读生也要住校，晚上就睡在教室里拼起的课桌上。我们十多个男生每晚都要练习合唱，准备着军训结束后的新生晚会。当时大家都在看的一部电视剧是《十六岁的花季》，我们唱的就是主题曲《多彩的季节》。

那个夜里有着很圆的月亮，一丛篝火映亮无数张兴奋的脸。其实我们那首歌合唱得并不成功，但我们唱得很开心："吹着自在的口哨，开着自编的玩笑……"我坐在人群里，看着明月、篝火、笑脸，心底便涌起一种感动，这就是我的十六岁，我的青春。多好的月夜，尽情绽放着我们的最美年华。

似乎美好的情节总是在旧光阴里温柔着，而汹涌着奔向眼前心底的，都是劳碌琐碎中不被预料的人和事。归途中，女儿和几个伙伴一路追逐、打闹，我默默地看着，恍惚间不敢相信已过去了那么多的岁月。记起少年时，我和伙伴们呼啸着从胡同口跑出去，一个坐在墙阴里的老人，就是这样默默地看着，阳光在几米外盛开。

临近家门的那条路很安静，很多时候只有风悄悄地路过。左侧是长长的树影，右侧是摇曳的花影，一如年华的两岸。脚步到这里不自觉地轻柔起来，心也渐渐平和下来，忽然涌起一种熟悉的感动，就像十六岁的那个月夜。能行走在茂盛的时光里，本就是一种幸运，一种幸福。

在冬的废墟上重建春天

扯开一片阴影，抓一把阳光盖在脸上，却依然挡不住冷冽的风。回望来处，那一条长长的路穿过夏的热情、秋的冷静，却在冬天里处处断裂。一同断裂的还有目光和心情，似乎在寒冷中，时间构筑的一切都坍塌了。

人生的冬天没有规律，往往是在最意想不到的时候到来。突然而至的寒冷，让一颗还没有准备的心变得伤痕累累。每个人走过黯淡的境遇，都是伴着一地的废墟，不打破旧的桎梏，就无法走进新的世界。就像冬天不破碎，就看不到春的身影。

行走在漫长的冬天里，走到冰河裂开，走到积雪憔悴，走到泥泞满地，春天就来了。其实春天并不是突然而至，它一直就在心底。它是一种希望，也是一种力量，摧毁着冬的一切。遍地的废墟，就是你努力的痕迹。

可是很多人在走过人生的冬天后，往往一蹶不振，没有跌倒在寒冷里，反而跌倒在疲惫与灰心里。因为心底没有希望，虽然同样是打破，却一个是拼搏，一个是挣扎；虽然同样是废墟，却一个是坟墓，一个是可以重建的家园。

每一个春天都重建在冬的废墟上，每一次新生也都重建在过往的支离破碎中。看雪原变成草地，看冰河变成清流，看肃杀变成生机，每一个转变的过程，都是从废墟开始。我们不但要能打破，还要学会重建。

只有心里先有了规划，才能在废墟里建起你的理想国度。春天从不是一蹴而就，仿佛一粒种子深埋在冬天里，然后破土而出，慢慢地瓦解着冬天。所以废墟也是沃土，能生长出许多美好。那么，在艰难的日子里，你有没有丢失了心底的那粒种子呢？

之所以会在废墟里彷徨，看不到希望，是因为没有了那粒种子，废墟就真的成了废墟。即使走了出来，脚步也不会有生机，路也会跟着枯萎。而心中生长着春天，走过的路，都会开满花朵。

所以，当走到寒冷深处，当走进最难的处境，就用足迹去融化冰雪，用心跳去唤醒花开，打破所有的冬季，然后在那些废墟上，重建起最美的春天。

在一程一程的光阴中等我

一

在我很小的时候，你等我长大，等我上学；学生时代，你等我考上一个好大学，等我毕业后找到一个好工作。在成长的过程中，我一直知道，你在等我一步步走近你心里的期望，等我变得越来越优秀。

可是，越是长大，我就越是辜负你，离你的期望越远。有时回望长长的来路，我依然能清晰地看见你在每一段光阴里殷切的目光。心里愧疚的海掀起波浪，走过的岁月便一片泥泞。

那个阳光暖暖的秋日午后，我问你："你看着我走过了半辈子，就这么平平常常、普普通通，是不是离你希望的越来越远？是不是感到失望呢？"

你只是轻轻地笑："没有失望啊，我觉得你很好啊！"

也许，所有的母亲都曾希望自己的孩子比别人好，都等着孩子辉煌灿烂的那一天，虽然孩子一次次地辜负着那份期望，可母亲却从不失望，或许，孩子走到哪一步，在她眼中都是优秀的。

就像我的母亲，在一程一程的光阴中等我，等到满头白发，等到年华向晚，却又是那么心满意足。原来母亲最朴素的愿望，就是看到一个永远平安的我。

二

曾有很长的一段时间，你似乎无处不在，如影随形。我们就这样纠缠着，斗争着，我一次次倒下退缩，又一次次爬起前行。而你也是一次次改头换面，在我无助时，脆弱时，彷徨时，卷土重来。

有时候我会沉思，你的存在，也许不只是为了阻挠我，打击我，还可能是为了考验我，提醒我如果想走到远方，就得坚守一份斗志。所以，尽管有无数个你在未知的前方，执刀挥剑等着我，我却渐渐地有了足够的勇气去面对你。还是要感谢你，强壮了我的脚步和生命。

其实，艰难、挫折、坎坷一路存在，避无可避，每一次遭遇，都让心灵于疼痛中成长。更重要的是，这一切都在冷漠无情中告诉我，还有一种更美好的相伴与等候。

三

你是我一生中最美的相伴与等候，每当风尘困顿之时，每当愁思茫茫之际，心底的你温暖着许多的苍凉，剥落我生命里重重的落寞；远方的你用最美的身影与呼唤，牵着我的心，引着我的脚步，走过无数的水阻山隔。

我想和你不离不弃，虽然很多时候，你似乎离我远去，似乎被我心中和身畔的许多琐碎所排挤，可是在无眠的夜里，在月光照进心灵的时刻，你又悄悄地归来，牵动许多被遗忘的最初的美好。只要我不放弃，你就会永远在，既在心底，也在远方。

你就这样陪伴着我，等候着我，在汹涌而来的日月流年里。也许我一辈子都不能走到你的身边，却也没有什么懊悔和遗憾，因为你一直在我生命中，我也一直没有停下脚步。我没有辜负那条路，也没有辜负那份心情。

梦想和希望，是每一个生命的必需，它不会被艰难扼杀，也不会被劳碌淹没，只会在麻木中断了生机。也许，最好的状态就是，梦想如故，希望常新。

四

从不失约的，不管怎样的际遇和经历，都不会离去的，总会在途中不断遇见的，只有你。其实，我就是为了你的等候，为了遇见你，才在那条风起雨落的路上日夜兼程。因为，我只有越努力，才能遇见越美好的你。

我的懈怠，就是你的失望；我的放松，就是你的悔恨。同样，我的执着，就是你的微笑；我的进步，就是你的骄傲。离你很近又很远，近到息息相通，又远到看不分明。有时盼着遇见下段光阴里的你，看看你的模样；有时又很怕遇见那时的你，怕看到你的满面沧桑。其实，每一个明天的你，都在告诉我，昨天的我是否无悔，于是为每一丝蹉跎而喟叹，然后埋首于每个今天。

你是未来的每一个我，在一程一程的光阴中等我，等我含笑对你说，我努力了，我不后悔！

看到更遥远的星辰

上学的时候，我常常在课堂上悠然神飞，窗外的世界，总有着让自己向往的东西。不是不喜欢上学，只是觉得有比上学更吸引自己的事，所以总是在上课时走神或分心，老师当时说过：心里又长草了吧？但是你们要记住这些在心里长过的草，那里也许就有你们真正的热爱。可是告别校园走进了社会，那些曾经长在心里的草，早已纷纷枯萎，连同许多年少时的幻想和梦想。而那些埋没了我们的想象和憧憬的，是无所不在的欲望。

在铺天盖地无所不在的欲望中，很多人会迷失。把梦想当成欲望，是人生的一种悲剧。欲望有时候像太阳，不可直视，那种虚幻的光芒掩盖了许多的真实。于是我们以为是梦想在照亮前路，所以无怨无悔地走下去。或许有人会把欲望当成生存的正道，而这样的"正道"往往是生命的歧途。

反而是在黯淡的际遇里，在心灰意冷之际，心底的灰烬里会蓦然亮起一点火星儿，映照出被遗忘的梦。人的一生中不可能都是顺境，当人生仿佛进入永夜，当一切的纷杂隐去之后，才会看清身在何处。就像在熄灭了太阳的夜里，才能看到更遥远的星辰。失败也是如此。当你追逐着一个真正的梦想，走到山穷水尽，也没有风来云起时，在这样的黑暗之中，放下一份执念，反而会看到更好的梦想。

有时候，浮云是可以遮挡住目光的，生活也是可以埋葬心灵的。更多的时候，不是不想拂散云朵，而是觉得云朵很美好，不舍得驱逐。所以即使走上了一个高地，眼睛依然是囚徒。我们经常会看到一些人，虽然取得了一定的成绩，虽然有了一定的地位，却依然目光短浅，盲人摸象般地攀爬，先不说侥幸爬上的那座小山是不是自己想要的，爬上之后看到的可能依然只是山脚下的那一隅。

遥远的星辰，在久远的时间里，也在辽阔的空间中。那些星辰，或者是被岁月的尘埃掩埋了光亮，或者是被眼前依稀的光明淹没了身影，所以我们看不到它们的存在。那些星辰不一定是梦想，却一定和梦想在同一个方向。看不到，就失去了指引。每个人都曾拥有那样一颗星辰，近得举头可见，却又比遗忘更远。

看到更遥远的星辰，虽然不一定能抵达，但是看得越远，也一定走得越远。因为目光超脱出去，心便会带着梦想飞到高处。

客里光阴

在沈阳上学的三年里，闲暇时我总会去大操场后面的那条河边散步。河面并不宽，流水总是那么从容慵懒。河上有一座弯弯的桥，通向对岸。对岸有些荒芜的地，地上散落着几处土房院落，时有鸡鸣犬吠掠过那些高高的茂草而来。

黄昏的时候，夕阳便踏波而来，在河面上留下生动的足迹。我站在桥上，看向曲折的上游远方，那份淡淡的亲切感便把我的目光镀上了一层乡愁。这一脉流水像极了故乡村畔的小河，因此我经常来这里，让它洗去心上的繁芜。

河畔有一些钓鱼的老人，他们身畔的光阴如流水一般清静，偶尔一声轻笑便漾起层层涟漪。其中有一个老者与众不同，他根本不在乎有没有鱼咬钩，只是看着一河流水沉默。后来熟悉了，就经常和他说话，他给我讲述他的人生经历，眼神飘向远方，仿若隔世。

老人在沈阳定居已近五十年，他来自吉林的农村。几十年前的往事如昨，他能清晰地记起许多细节。他说退休之后就喜欢在这条河边坐坐，因为这条河很像他故乡的河。我问他为什么不回老家，他轻轻地叹，老家早没人了，物是人非，或许连物都已改变，再也回不去熟悉的故乡了。可即使有着如许的沧桑变迁，故乡却一直在他心底温暖着，故乡或许已面目全非，可故土永远沉默着深情。

是的，不管多久，他乡永远变不成故乡。人在异乡，总会寻找一些与故乡相似的地方，久久流连。即使没有那样的地方，还有一轮不变的月，能倾听游子的叹息与心事。

有一年初夏，回故乡呼兰小城办事，午后走进城西的西岗公园。这个园子里，栖着我太多青春的思绪，也有着太多我少年时孤独的足迹。许多东西都改变了，只有满园草木还似旧时一般葱茏，还有不远处的一弯呼兰河影仍如当年般清澈。刹那间，心上便重重叠叠地涌起亲切的失落。

一路捡拾记忆，偶遇一个老同学。我们一眼认出了彼此，哪怕中间隔着那么多年的光阴。听说他在更遥远的南方，起初那些年还好，后来却越来越想念故乡。他在闲暇时总是爬上住处后面那座山，站在山顶，让目光和心情飞向老家的方向。远望可以当归，其实是无可奈何的带泪的伤情。

人就是这样，在岁月中走得越久越远，心便离故乡、离往事越近。越是长大，便越接近童年。

我在小兴安岭深处已经生活了二十年，在山林之间，难觅与故乡大平原上相似的景物。偶尔也会登高远眺，更多的时候，是寄情于一草一木之微，凝神于一水一流之细。草木相似，流水相通，足可让我的心生长许多往事。

也许，每一个离乡多年的人，都会有如许的感慨，谁也不会想到，从当年离开的那一刻起，足音便敲响了一生的漂泊。

回不去了，时空变换，彼时彼境的故乡，只能在心底流连着永不改变。即使归去，也是感伤多于安慰。在外是客，久别归来也成客，这是生命深处更深的苍凉。

十月思乡

　　整理旧物，翻出一封三十多年前的信，是当年一个亲戚写来的，信封上收信人的地址是：黑龙江省呼兰县沈家镇大罗村。十三个字牵扯着我的目光，轻拥着我的心，让我再一次感受到了时间的飞逝与空间的辽远，感受到一种无法弥补的苍凉。窗外，十月的阳光淡淡地洒落，乡愁氤氲在漫漶的岁月里。

　　当我走进村中央最大的那个叫学校的院子，当我在本子上一笔一画地写下"大罗小学"，那份乡愁就已经如种子一般深埋了。我的村庄叫大罗，也叫大罗山，更早的时候叫大龙山。我曾无数次一点一滴地收集着那个村庄里琐碎的情节和细节，而记忆如微尘飞舞，每一粒都找不到故乡。

　　三十三年前的那个春天，离开村庄后，我只回去过三次，而最后一次距今也有二十多年了。在不断的回望中，故乡越来越美好，圣洁遥远成心底不可碰触的柔软。曾经的村庄，永远都回不去了，那些檐月庭风，那些挂在树上的鸟鸣，那条闪亮的河，那些布满牛羊蹄痕的土路，无边的大草甸，遍地的庄稼，朴素的笑脸，亲切的乡音，都回不去了，我的心流连在过去的村庄里，一生也无法走出。

十多年前，呼兰的一个好友，他的妻子也是大罗山人，有一次他去岳父家，拍了一些照片发给我。那时的村庄还没有太大的变化，他还特意去我家原来的老宅前后拍了几张，依然是老房子，只不过换了瓦顶，不再是熟悉的房草。我曾念念不忘的南园，在初春的寒风里破败无比，园墙也倾圮了，一如坍塌的时光，寂寞着一地的废墟。

巨大的亲切感紧拥着我，鸡栖过的窗台，花狗卧过的门后，还有藏着许多秘密的仓房，看着照片里的家园，仿佛我还是那个小小的少年，房子里依然是年轻的家人，每一朵笑都落地生根，没有离散，没有变迁。

二十多年来，并不是不想回去，也不是不能回去，只是，我怯怯的心总是牵绊着脚步。一开始的时候，我怕我沧桑的目光会惊飞那些憩息着的回忆，怕故土的亲切会唤醒无尽的泪水；后来，我怕村庄的改变会让我失落，我怕我那么长那么久的思念，找不到一个安放之地。一直以来，我都觉得，故乡，一旦离开，就永远也回不去了，即使归来，也不再是心中的那个故乡。

我宁可在心底重回，一遍遍，一年年，也不愿意去面对那份熟悉的陌生。物是人非也好，人物皆非也好，其实，在时光之后，我和故乡都已面目全非。我不知道那样的重逢，会有着怎样入骨的凄凉。

前些天，十一期间，二表哥回到故乡的村庄，发了一些视频和照片给我，我在那些陌生的场景中，努力寻找一些熟悉的痕迹。我发现，那份亲切感一直都在，即使我再也不能拾起曾经的脚印，再也不能看到熟悉的草房土墙，即使再也没有了无边的大草甸，也没有了村西的小水库，可故土永远都在那里，它无言地记得一切，总是于沉默中，让我的泪水纷纷启程。

故乡的村庄，变化很大，不变的，只有大地上的风和十月的阳光。本来有那么多思念与赞美的话，可是面对那些场景，竟只是无言，一如沉默的大地。我愿意我的村庄越来越好，我愿意那一份幸福逐日而新，我愿意把我所有的情怀都融进故乡的冬去春来。

只是我的心底，依然住着曾经的家园。也许离开的，才叫故乡，相守的，才是家园。所以，那些遥远的朴素的时光，那些时光里回不去的村庄，永远是我生命中的最美。

前行的足音是春天的心跳

跋涉过多少重山叠水，追赶过多少日月星辰，就这样一直走，走到冬天成为身后的背影，走到东风吹入北风，走到阳光下的雪在燃烧，走到冰河融成暖流，走到青草咬痛裤管，春天便莅临了，它的心跳重合着前行的足音。

于是额上的汗水飘成雨露，衣上的尘埃飞作浮云，眼睛里葱茏着季节的光影，心底的希望生生不息。每一个春天都是一个温暖的驿站，让沉重的脚步轻松，抚慰疲惫的心灵。漫天响彻的鸽哨里，写满了关于远方与梦想的消息。

一个火红的日子，带着爱与暖，带着情与盼，带着笑与梦，走进每个人的心底。过年，是时光里的一炉火；回家，是漂泊中的一程珍贵；团圆，是尘世间的一抹眷恋；祝福，是那一夜最温暖的话语。当再次走出家门，踏上长路，心底便盈满了力量。就像天边划过的候鸟的身影，云路迢迢，追赶着那一分明媚。

行走在春天里，每一个足迹都和大地一样沉默着，在沉默中孕育着破土而出的情节。多喜欢这样的时节，走过了冬的梦魇，脚步轻盈欲飞，一切都在蓬勃生长，一切都在渐入佳境。就连心情，也柔软如大地，如春水。一颗柔软的心可以生动这世间许多的坚硬，就像东风吹融坚冰，就像草木轻抚山岭。

每一声足音，每一次心跳，都是一粒种子，种在大地上，种在心田里。行走在春天里，一路都是最美的相遇，走着走着河流就笑了，走着走着鸟儿就唱了，走着走着花儿就开了，走着走着心情就暖了。四季的轮回并不是单调的重复，时光中的每一个细节都不可复制，而时光中的自己，每一天都不同。不同的自己遇见不同的细节，便碰撞出全新的眷恋。

春天和我们的脚步一样，撒了欢儿地奔跑。于是，在勃勃的心跳声里，心情和万物便撒了欢儿地生长。在这样的情境里，前行的身影都是风景，动人的跫音都是天籁。面对这样的天地，我总是情不自禁。偶然间发现，阳台上一盆干枯了许久的花枝，不知什么时候绽出了一点新芽，它已轻轻悄悄地迈进了春的门槛。

那么，我们也出发吧，走进春天的心跳。无需行囊，有梦就够了；无需陪伴，有春天就够了。

我舞影零乱

黄昏时，一株小草的影子在斜斜的余晖中，被拉长得像极了一棵树。我知道，那只是小草顽强精神的诗意体现。或许小草无言，可我们却在它如大树一般的身影中，看到了一种深藏的希望和梦想。

更多的时候，希望和梦想并不是为了要达成什么目标而存在，而是让心底有一种力量。有了这种力量，才能于平凡的生活中，依然让生命蓬勃向上。或许梦想大多本就是不能实现的，但是梦想一定要有，就像小草明知道不会长成一棵树，可它的心里一定会有一棵树。

记忆中墙头上的那一丛野花也是如此，它极为平凡，色、形、香无一可取之处，就那么绽放在那里，除了风与阳光，没有一束目光为它停留。我在一个月亮西斜的夜里归来，在东面的墙上遇见了一簇花影，有着浓淡深浅的颜色，有着婀娜婆娑的舞姿，一时愣怔了良久。那样不起眼的一丛野花，在寂寂的夜里，被月光与风冲洗出如此生动的身影。这样的美可遇不可求吧，或许野花并不是为了让人遇与求，它就在那里开着，不喜不悲。

就如我们这些平凡的人，淹没于众生之中，可是依然会在某些时刻，剥去外在的形形色色，让人看到灵魂的独舞。那才是生命的本真，与生活无关，与梦想无关，简单而美好。也许接受自己的卑微，这本身就是一种美好。

童话中说，一只猫看到朝阳下自己的影子高大如虎，便觉得自己真的如虎般强壮勇猛。于是它信心百倍，觉得自己可以凭着这份威猛得到许多想要的。于是它在山林里不再逃避，主动与那些猛兽争斗，结果几次差点丧命，仓皇跑出山林，惊魂未定的它依然迷惑，自己既然这么高大威猛，为什么依然失败了呢？

有时候，我们心底的盲目自信会膨胀成不真实的影子，仿佛可以遮天蔽日，它会让人失败、彷徨和落寞。然而，能于失败中认清自己的能力与实力，也未尝不是一件好事。更可怕的是，我们心底的某些欲望，也会膨胀成巨大的影子，让人淹没于欲望的影子里，却还以为是梦想在鼓舞。在模糊了梦想与欲望的界限之后，常常会无怨无悔地走上一条歧路。

小草如树般的影子，小猫如虎般的影子，它们的区别，就是梦想与欲望的区别。一个目的是慰藉心灵，一个目的是快速改善生活状态。一个与精神有关，一个与物质有关。

有人会因为没有远大的理想而自卑，会觉得甘于平凡是自甘堕落，其实，只要于心有益的，就是梦想。高天上翱翔的鹰，从不会为大地上渺小的影子而自卑。我们都是沧海一粟，而飞得越高，在别人眼中的身影就越小。

影子更是一个人内在的外显，看清了自己的影子，也就真正认识了自己。最重要的，有影子在，就说明有光在。无论是什么光，都是只属于你自己的生命最美。

奇怪的哭声

搬来这里的第三天夜里，正昏昏欲睡之时，邻居家便传来一阵哭声。那哭声很突兀很响亮，连厚厚的墙都没能阻挡住，它填满了黑暗，也驱散了我好不容易才酝酿出来的睡意。那是一个男人的声音，细听之下，哭声没有丝毫压抑控制，又有着一种苍凉，仿佛孩童从噩梦中惊醒，又仿佛历尽悲伤的宣泄。我判断不出痛哭之人的年龄，心里有一种很怪异的感受。

哭声在耳畔流连了十多分钟，才戛然而止，就像来时那般毫无预兆。次日早晨，我在窗前看到邻居家出来一对老夫妇，近七十岁的样子，有说有笑地走向小区外的公园。到邻居家敲了一会儿门，确认家里再没有人，便知道昨夜哭的是那位大爷。我也多次见过老年人哭，有的是因子女不孝而心碎饮泣，有的是因白发人送黑发人而悲痛欲绝，有的是因老来无成而泣下数行。而像邻居家大爷的那种哭，却是第一次听闻。而且刚才看他们的状态，似乎生活中并无忧患悲伤之事。

我也来到门前的公园里，远山近水，云霞花草，在一步一步的朝阳里，柔暖着亲近我的心。在那片空地上，一群老年人正在跳广场舞，阳光栖在他们身上，都是一脸的怡然。我在队伍中看到了邻居家老夫妇，笑容和风一起流淌着，特别是大爷，每一个动作都充满了活力，很难想象，昨夜他会那样放声大哭。

那以后，隔三岔五，邻居家的哭声就会在深夜里袭来，每一次我都试图从哭声中分析一下大爷当时的心情，也不停地猜测着他有着怎样的经历，却总是茫然无头绪。渐渐地，和大爷大娘熟悉起来，每一次遇见，都很亲热地打招呼，偶尔也会在门前闲聊一会儿。因为知道大爷偶尔会在夜里哭，所以聊天的时候，我都不去问他们家里的情况。而大爷却很健谈，讲起他年轻时的一些"壮举"，依然豪情万丈。

时间久了，便习惯了夜里偶尔的哭声，也和邻居们都熟悉了起来，于是零零星星地拼凑出邻居家大爷的大概经历。子女不孝，白发人送黑发人，老来无成，我曾看到过的那些哭泣的老年人，他们哭的种种理由，邻居家大爷都有。

听说了他的身世之后的一个夜里，当哭声再次响起，我便仔细去听，想从中找出这几个理由所引发的情绪，只是依旧茫然。那哭声并没有那么复杂的情绪在里面，依然是清澈中带着苍凉，一种很奇异的融合。加之他每天表现出的乐观积极，我觉得他的哭，绝不会因为这些理由。

后来，虽然某些夜里哭声还会响起，我却渐渐不再想着去探寻哭声背后的故事。直到有一天，邻居家大娘来借毛笔，她和我说，大爷忽然兴起，想写一幅字，可家里没有那么大的毛笔，想着我可能有，就来问问。我很惊讶："大爷还会书法，这么厉害！"大娘就笑，话语虽像讽刺却透着自豪："他呀，啥都会鼓捣鼓捣，这辈子也啥都没鼓捣明白，都是一瓶子不满半瓶子晃荡。唉，多少年不写字了，估计他也忘得差不多了，再过几年，估计啥都得忘没了，连我都得忘了！"

看我有些惊讶，大娘说："你住了这么长时间了，有时候他半夜哭，是不是吵到你了？他呀，从去年开始就这样，说不定哪天半夜就醒了，醒了就哭，什么都不记得，连我也不认识了！"

大娘带他去医院检查，说是间歇性失忆症，各种药吃了挺长时间，也没有什么明显效果，后来大爷犟劲儿上来，就不吃了，还说全忘了才好。我问："半夜醒了失忆，为啥哭呢？"

大娘就不停地笑，笑得眼泪都快出来了，才告诉我，大爷每次哭完后，大娘就问他为啥哭，起初几次大爷很害怕，像小孩看到陌生人那样。后来次数多了，就熟悉了，大爷那个时候，就是个四五岁的孩子，所有的记忆也都是四五岁时的，他告诉大娘，是找不到妈才哭的。每次哭完，大娘就和他说几分钟话，然后把他哄睡了，早晨醒来，大爷就全然不记得昨夜发生的事了。

"有时候他也不是全忘了，早晨醒了会跟我说，梦见妈了。"大娘的笑容渐渐隐去，"他啊，这辈子都觉得对不起妈，他爸死得早，就留下他一个孩子，他妈把他拉扯大，后来他出去上学，又赶上动乱，就离家越来越远……"

后来太平了，大爷也自由了，就回了乡。可是老妈却早已不在了，听人说，是死在挺远的路上，连个收尸的人都没有。他找不到老妈的坟，于是带着无尽的悲痛与苍凉离开了故乡，再也没有回去过。

那个夜里，当大爷的哭声乘着黑暗而来，我仿佛看到了一个四五岁的男孩找不到妈妈时，泪流满面的样子。

少年和树

村庄在高处，向南，低矮的一片大草原，一直延伸到松花江边。站在院子里望去，目光很自由。驰心骋怀的过程中，我的目光总是被一棵树牵绊住。

那是一棵孤零零的杨树，远离林木，独立于旷野中。凝神于那个远远的身影，心里会有莫名的怅惘。不只是为它，更为所有的草木，它们不能行走，终此一生都困圈在原地，看世事沧桑，即使活上百年千年，也没有来去的自由。甚至不能选择，崖间水畔，荒野孤村，落地生根，永远与寂寞为邻。

少年的我，也经常跑去旷野中，跑到那棵树下，与之无言相对。树已极老，没有了远望时的低矮纤细，而是枝叶纵横，浓荫匝地。村庄反而在遥远处，那么渺小，想着多少年来，这棵树看着村庄的变迁，在岁月流逝中苍老，心中油然而生的是天地一瞬的感慨。躺在树下，看被枝丫切划得支离破碎的天空，看阳光从缝隙间跌落下来，看风在枝叶间缠缠绕绕，便忽然觉得，它似乎也并不寂寞。

然后，我看到，有两只不知名的鸟儿，从天边飞过来，落在高高的枝上，于是，啼鸣声便同阳光一起落下来。我躺在那里很久，不知迎来多少鸟儿，直到日已偏西，我才向村庄走去。脚步轻盈了许多，回头看那棵树，便有了温暖的感觉。

后来故乡远在山水之外，时光也在脚步中消散，只是，当年的那棵树，偶尔会入心入梦。虽然我跋山涉水，可以轻易地离别故土，数不尽的水阻山隔也挡不住脚步，可是更多的时候，我感觉到的不是自由。虽然我的身边人来人往，虽然红尘里熙熙攘攘，我却感觉到身前身后都是寂寞的陷阱。想起那棵树的时候，反而羡慕它的悠然，羡慕它的怡然，羡慕它的超然。

原来，不能行走的树却是最自由的。那无关空间的变换，只在于心里没有桎梏与羁绊。

我们就像曾经的那些鸟儿，飞向那棵树。曾经在疾驰的车上看路两旁高高的树，总有一些鸟巢映入眼帘。一棵树的魅力，便在于此，虽不能行走，却有鸟儿不停地飞来，甚至把家安在树上。不只是鸟儿，还有风，还有云，如果是一棵开花的树，光顾的精灵就会更多。所以，一棵树哪怕没有生长在丛林里，没有生长在景区中，它也不是寂寞的，因为总有一些美好为它而来，总有一些眷恋与它相伴。

有些人也是如此，从不寂寥，也不嗟叹，内心丰盈了，自然有美好同行。他们吸引我们的，正是那种人格的力量，那种发自灵魂的芬芳。所以，一颗洁白而广阔的心，比走过千里万里的脚步更自由；一种甘于淡泊的心境，比千方百计去攫取的那种生活更丰盈。

如今，我再想起那棵树，便没有了怅惘，也没有慨叹。它恒久不变地站在那片旷野中，没有遗憾，而拥有着天空的无涯；没有等待，而许多美丽的鸟儿正依依飞来。

流过枕边的河

　　远如梦境的那个村庄，依然在千里之外，在呼兰河东岸，驻守着我所有的思念。而所有的过往都在世事劳碌中尘封，一如寒冷的日子里那条凝固了形状的河。只是总在某个瞬间，会感受到心底深处悄悄涌动的希望，仿佛冰封雪盖之下，河水仍自流往自己的方向。

　　时光有时会冲淡记忆，却封锁不住梦里的一次次轮回重温。儿时陶醉于岸边无际的大野甸，那里丛生着许多童年的乐趣。年少时的夜里，曾经充耳不闻的流水声，却能牵动无眠的思绪。仿佛河就流在枕畔，人若置身舟中，听涛而眠，梦里全是摇曳的最美年华。那时刚刚读过萧红的《呼兰河传》，心底便有了浅浅的感伤，眼前的变迁重叠着旧时的影子。便有了庆幸，我并未曾经历这条河流的沧桑，书中的过往，也只是我一个遥远的风景，站在岁月的岸边，我看不到它的流逝。

现在想来，河边甸上的一切都是我所有温暖的来处，春日里的虫儿翩飞，盛夏的鸟雀翔集，秋天岸边的高高茂草丛中有着不变的月升月沉，抑或漫天飞雪中无际的洁白宁静，四时佳兴，是生命中永不再来的美好。几年前，重回呼兰河畔，河流依然，只是不见当年的大草甸，不见了我夜夜梦回的家园。二十多年的光阴，被拉长至无限，心底的那条河，永远也回不去了。

后来我便常常步行二十里，去县城那个有着一圈青砖围墙和暗红大门的院子。满庭葳蕤，掩映着那个年轻女子的塑像，她的灵魂已经漂泊无依，只留下这样一个思念的形象，守着故园中如旧的日月晨昏。轻轻迈动脚步，怕惊飞所有栖息着的往事，在少年悄喜轻愁的心中，我竟不敢凝望，怕猝然的目光刺痛那个活在童年里的女孩清澈的眼眸。在萧红故居里，我常自神飞，似怅然，似寂寞。

我知道在萧红的童年里，也是可以夜夜听见呼兰河的涛声，不知那时她是怎样一种心境。只是如今河流早已改道他方，她一直眷恋着的母亲河，不和何时舒张开了臂膀，不再将她的老家拥在怀里。所以萧红再也没能重回她的怀抱，而如飞蓬般辗转客死他乡，所以她只能在无边无际的回忆里，让这条河流淌在数不清的思乡梦里，她不知道河流的变迁，也是一种幸福，因为只有美好的怀念，却无伤逝的愁绪。

那个时候，每去一次萧红故居归来，站在河边，一脉清流依然，却总觉得河水中多了一些让我牵念的东西。那时的我，从没有想过，有一天也会离开几十年。只是我比萧红幸运，我可以归来，虽然归来亦是过客，却能在它的身畔驻足，回忆，可是我又比萧红不幸，萧红的呼兰河永远是她童年的河，不被风尘沾染，不被流光雕琢，而我的呼兰河。我要一次次面对它的面目全非，一次次将记忆中的一切撞击得疼痛欲碎。

　　只是我原来一直坚信，不管它如何改变，无论是华丽的堤还是整齐的柳，无论是野甸变良田还是河面变狭窄，河水应该永远不变。在那一河清澈中，总会有着永远的重逢，总能濯洗我心上的漫没风尘，可是，那年的重逢，却是那样的悲怆。河水中散发着刺鼻的气味，再不见当年的清透，再不见当年的渔船往来。我不知道这二十年的时间，是什么让它悄然垂暮，是什么让它病入沉疴，鱼虾只能嬉戏于旧日梦中，渔歌也成绝响，我的心随着漂浮的垃圾越沉越深。那个有着很好阳光的午后，我站在河畔，滴下了泪水，只是我的清泪，却无法唤回曾经的美好。

　　那个夜里，我借宿在离河不远的农家。躺在硬硬的土炕上，透窗而入的长风带着庄稼的气息，却藏着丝丝河流如今的味道，就如我的回忆里除了甜蜜，如今还有着不绝的凄然。夜幕长垂，流水声依然盈耳，却无法与记忆重合。童年的涛声如母亲依依的浅唱，今夜的流水却似呻吟，似呜咽。

　　忽然羡慕萧红，她在遥远的他乡，伴着她的呼兰河是那样可亲可近。我宁愿不再归来，我宁愿让那一河流水永远淌在我心中、淌在我的梦里，然后化作热泪，洒湿我的枕畔。

年初的时候，家乡好友打来电话，说起呼兰河，有着一种欣然之意。她说河流已经变清了，治理已经见到了成效。心中翻涌着暖暖的思绪，再度有了回家的渴望。夜夜流过我枕畔的母亲河，终于不再让我迷失，不再让我找不到家。那每夜的涛声，不再是流逝沧桑，不再是悲号哭泣，而永远是一种呼唤，唤醒沉睡的美好，唤我归去。